KB002637

백수귀족 판타지 장편소설

WISHBOOKS FANTASY STORY

바바리안 퀘스트

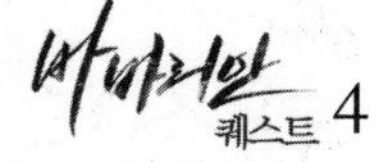

백수귀족 판타지 장편소설

초판 1쇄 찍은 날 | 2018년 7월 9일
초판 1쇄 펴낸 날 | 2018년 7월 16일

지은이 | 백수귀족
펴낸이 | 예경원

기획 | 위시북스
편집책임 | 이규재
편집 | 이즈플러스

펴낸곳 | 예원북스
등록번호 | 제396-2012-000132호
등록일자 | 2012. 7. 25
KFN | 제1-282호

주소 | 경기도 고양시 일산동구 호수로 646-24 위너스21II빌딩 206A호 (우)10401
전화 | 031-819-9431 팩스 | 031-817-9432
E-mail | yewonbooks@naver.com

ISBN 979-11-89348-33-5 04810
979-11-6098-952-6 (set)

※ 이 도서의 국립중앙도서관 출판시도서목록(CIP)은 서지정보유통지원시스템 홈페이지(http://seoji.go.kr)와 국가자료공동목록시스템(http://www.nl.go.kr/kolisnet)에서 이용하실 수 있습니다.

백수귀족 판타지 장편소설

WISHBOOKS FANTASY STORY

바바리안 퀘스트 4

Wish Books

바바리안
퀘스트

CONTENTS

Chapter 1

"난 서부에서 왔어. 이승과 저승의 경계를 넘었지."

그 말이 파헬의 귓가에 맴돌았다.

"산맥 너머에 내 고향이 있어. 난 아마 처음으로 그 경계를 넘은 사람일 거야."

믿지 못할 말들이었다. 파헬은 눈을 감고 기도했다.

파헬은 유릭의 의도를 알았다. 자신이 하늘산맥을 넘은 것처럼 세상의 끝에 가 보라는 것.

'유릭은 그런 걸로 거짓말을 하지 않아.'

파헬은 유릭의 말을 믿었다. 서부의 하늘산맥을 넘었다는 말도 진실일 터다.

따각, 따각.

대리석을 울리는 발소리가 들렸다.

파헬은 기도를 하다가 눈을 떴다. 그가 있는 곳은 사원이었다. 예배 시간이 아닌지라 사원은 조용했다.

성직자가 다 타버린 촛대를 갈고 있었다. 그가 홀로 기도하는 파헬을 물끄러미 바라봤다.

"기도하세요. 루께서는 항상 당신을 보고 있습니다."

성직자가 부드럽게 웃으며 말했다. 그가 초에 불을 붙였다. 일렁이는 불꽃을 바라보면 마음이 차분해진다.

'하늘산맥 너머에 세상이 있는 것처럼 바다 너머에도 세상이 있는 겁니까?'

파헬은 루에게 물었다. 대답은 없었다.

"루께서 말하신 것과 현실이 다르면 어째야 하는 겁니까?"

파헬이 성직자에게 물었다. 별다른 대답을 기대하고 말한 건 아니었다.

"흔히 있는 신앙의 위험이지요. 그저 루께서 당신을 시험하시는 겁니다. 당신의 믿음을요. 루를 믿으십시오."

성직자가 습관적인 대답을 했다. 그는 파헬의 표정이 어두워지는 걸 바라봤다.

'고민이 있나 보군.'

일을 멈춘 성직자가 파헬의 옆에 앉았다.

"말해보시지요. 무엇이 당신을 괴롭게 합니까?"

"사명이 저를 괴롭게 합니다. 실패할지도 모르는 일입니다. 하지만 그 사명에는 저만이 아니라 많은 사람들의 희생이 필요합니다. 저는 그 희생을 감당할 용기가 없죠."

"옳은 일이라면 루께서 이끌어주실 겁니다. 일의 성공과 실패는 루에게 달려 있습니다. 그저 우리는 최선을 다할 뿐이죠."

파헬이 쓰게 웃었다. 그는 기도하는 손에 이마를 올리곤 침묵했다.

"제가 별다른 도움이 되지 못한 것 같군요."

성직자가 고개를 숙이며 자리를 떴다. 성직자에게서도 위안을 얻지 못했다.

정오, 태양사원에 비치는 빛이 절정에 달했다. 정오가 넘어 해가 기울며 사원 내부도 어두워졌다. 다시 촛불만이 일렁였다.

'황제 얀키누스의 목적은 업적.'

파헬은 그의 의도를 읽었다. 그가 원하는 것은 업적이었다.

1대 황제는 문명세계를 하나로 만들었고, 2대 황제는 남부와 북부를 정벌했다. 3대 황제 얀키누스도 그에 걸맞은 업적을 원했다.

그늘이 파헬의 등을 뒤덮었다.

'만약에 내가…….'

끔찍한 생각이 들었다. 황제에게 바칠 공물이 있었다.

'하늘산맥 너머의 세상은 황제에게 충분한 업적이 되겠지.'

생각할 것도 없다. 동대륙은 아직 전설에 불과하다. 하지만 유릭이 넘어온 세상은 실재했다. 당연히 황제는 군세를 이끌고 산맥을 넘을 터다.

쿵, 쿵, 쿵.

심장이 뛴다. 파헬의 동공이 커졌다가 작아지길 반복했다.

"우읍."

파헬이 입을 막았다. 역겨웠다.

"지금 무슨 생각을 하는 거야?"

자신에게 말했다.

'유릭은 나를 믿고 자신의 출신지를 밝혔어.'

유릭은 태양의 맹세도 요구하지 않았다. 그저 담담하게 자신에 대한 이야기를 털어놓았다.

'맹세를 요구하지 않은 건 유릭이 나를 믿기 때문이지. 필리온처럼.'

기도하던 파헬이 깜빡 잠들었다. 옅은 잠 속에서 파헬은 꿈을 꿨다.

바다가 보였다. 왕궁에서는 창문만 열어도 수평선이 보인다. 바다가 그의 감수성을 키웠다. 바다를 보지 못한 지 너무나 오래됐다. 꿈들이 조각나 흩어진다. 소망과 야망의 편린이 보였다. 숙부의 죽음, 대관식. 배를 건조하고, 수어 척의 배가 출항식을 한다.

동쪽. 태양이 뜨는 방향. 그곳에 대륙이 있었다.

'태양신 루의 나라.'

파헬이 눈을 번쩍 떴다.

쾅!

벌떡 일어서다 무릎이 예배 의자에 부딪혔다. 워낙 세게 부딪혀서 파랗게 멍이 들 게 뻔했다. 하지만 파헬은 개의치 않고 절뚝이며 예배당 중앙까지 걸어가 무릎을 꿇었다.

"저는 봤습니다, 루여."

파헬은 계시를 봤다.

"이건 저를 위한 시험이셨군요."

루의 뜻을 알았다. 신앙의 의심이 사라졌다. 혼란이 걷히고 가야 할 길이 명료했다.

"태양의 나라를 찾겠습니다. 당신께서 저를 인도하시겠죠."

동대륙을 찾는 것은 루의 뜻을 거스르는 일이 아니었다.

'세상의 끝이 지금 이 순간 사라졌다.'

사명감이 들었다. 행복한 충족감이다. 종교적 고양감이 파도처럼 파헬의 등을 쓸어갔다.

"루께서 새로운 바닷길을 여셨어. 나를 위해 안배한 길."

지금까지 인간들은 준비가 되지 않았다. 새로운 세상을 접할 준비. 그래서 루가 세상의 끝이라는 절벽으로 막아뒀었다.

'이제는 길이 열렸어. 모든 게 루의 뜻이다.'

남부와 북부 정벌이 끝났다. 서부 하늘산맥을 넘어서 전사 '유릭'이 찾아왔다. 갈라진 세계가 하나가 되고 있었다.

'계시.'

이 모든 것이 무얼 말하겠는가?

파헬은 눈물을 흘렸다. 자신이 태어난 이유를 깨달았다.

"이건 내게 주어진 사명이다."

파헬이 자리에서 일어섰다.

'루께서 안배한 내 길이야. 내가 왜 왕이 되어야 하는지 이제 알았어.'

또각, 또각.

성직자가 촛불을 켜러 다시 나왔다. 그가 파헬을 바라봤다.

"날이 어두워졌으나, 얼굴의 그늘이 걷혔군요."

성직자가 말했다.

"루께선 언제나 옳습니다. 의심할 여지가 없지요."

파헬이 대답했다. 그가 절뚝거리며 사원을 빠져나왔다. 무릎이 저리며 아팠지만 그의 걸음걸이는 망설임 없이 당당했다.

"음."

유릭이 신음을 흘렸다. 가죽옷에 굳은 피딱지가 우두둑 떨어졌다. 그는 마상창시합 결승에서 중상을 입었다.

"역시 사슬이 살을 파고들었네. 제길."

필리온이 유릭의 상처를 살피며 말했다. 깨진 사슬의 일부가 상처를 파고들었다. 잘못하면 파상풍에 걸릴지도 모른다.

"오늘 저녁에 황제와 저녁 약속이 있다고. 의사나 빨리 불러줘."

유릭이 말했다. 바깥에서는 유릭의 이름을 부르짖는 환호성이 한창이었다. 유릭은 시커먼 대기실에 누워서 의사를 기다렸다.

'싸구려 갑옷을 입혀서 보내는 게 아니었는데.'

필리온은 괜히 죄책감이 들었다. 이런 상황은 충분히 예상했었다. 말리지 못한 자신의 잘못이라 생각했다.

"내가 고집부린 거야."

유릭이 필리온의 생각을 읽었다는 듯이 말했다. 그는 담담하게 누워서 의사를 기다렸다.

"그거 아나? 우승자 다섯 명 중에 한두 명은 시합이 끝나고 부상으로 죽는다네."

의사가 들어오자마자 불길한 소리를 내뱉으며 웃었다. 그는 말과는 달리 유릭의 몸을 꼼꼼하게 살폈다.

"사슬이 아주 제대로 조각났네. 파편이 상처에 이리저리 박혔어. 어지간히도 싸구려를 입은 모양이군."

의사가 상처의 피를 씻어냈다. 그가 가느다란 집게로 살에 박힌 사슬 고리를 하나씩 뽑아냈다.

"어떤 것 같소?"

필리온이 의사에게 물었다.

"늘 사람들은 내게 그런 질문을 하지. 대답은 항상 똑같네. 운이 좋으면 살고 나쁘면 죽는 거야. 생사는 루에게 달린 거지."

비슷한 상처를 똑같이 치료해도 살고 죽고는 다르다. 운이 나쁘면 얕게 베인 상처 하나 때문에도 죽는다. 몸을 보호하고자 입은 갑옷에 피부가 쓸려서 감염으로 죽기도 한다.

"하지만 이 친구는 내가 보기에 죽진 않을 것 같군. 생각보다 상처가 심하지 않아. 주기적으로 상처를 깨끗한 물로 씻고 붕대를 갈아줘."

의사의 말을 들은 필리온이 의아한 얼굴로 유릭의 상처를 바라봤다. 피를 씻어내니 부상이 그렇게 심해 보이지 않았다.

'분명 심한 부상인 것 같았는데…….'

유릭도 자신의 상처를 바라봤다.

"진짜 쇠로 만든 창이었으면 내가 죽었겠지. 시합용은 부서지는 창이잖아?"

유릭이 키득키득 웃었다. 시합용 창은 부서지면서 충격이 분산된다. 더군다나 유릭의 근육은 몹시 단단했다. 창과 사슬 파편이 유릭의 근육에 막혀서 깊게 파고들지 못했다.

"사슬들이 넓게 쓸고 지나가서 출혈이 심했던 거로군."

필리온이 안도의 한숨을 쉬었다. 만약 상처가 깊어서 사슬이 안까지 파고들었다면 끔찍했을 터다. 집게로 상처를 헤집어서 사슬을 뽑아내야 한다.

"붕대가 찝찝하다 싶으면 갈아주게. 자주 갈면 갈수록 좋아."

의사는 그 말을 마지막으로 자리를 떴다.

유릭은 필리온의 부축을 받아 제비궁으로 돌아갔다. 지나가는 사람들이 유릭을 알아보곤 인사했다.

"마상창시합 우승자다!"

"저녁 식사에 초대하고 싶소만."

제비궁은 황궁의 손님들이 머문다. 그들은 제법 지위가 있는 자들이다. 유릭은 그들의 관심을 느꼈다.

"부상자요! 나중에 찾아오시오!"

필리온이 사람들을 걷어내며 말했다. 유릭이 그 광경을 보며 웃었다.

"하하. 재밌군. 마상창시합에 우승하자마자 저렇게 몰려드는 걸 보니까 말이야."

"한때의 관심이네."

유릭은 어기적어기적 걸어서 제비궁에 있는 파헬의 방으로 들어갔다.

"미안, 유릭. 바빠서 경기를 보지 못했어."

파헬은 뭔가 적느라 한창이었다. 파헬의 얼굴에는 환희에 찬 열의가 스며 있었다.

책상에는 여러 책이 널려 있었다. 유릭도 이제 글자를 읽을 줄 안다.

'북정기, 태양경.'

두 책이 눈에 들어왔다. 북정기는 선대 황제가 남긴 수기이며 태양경은 태양교의 교리가 담긴 성경이다.

"교리를 검토하고 있어, 내가 하고자 하는 행동이 옳은 것인지. 다소 모순은 있지만 상관없을 거야. 나는 계시를 받았거든."

파헬의 말이 빨랐다.

"계시?"

유릭이 의자에 주저앉으며 붕대를 갈았다.

파헬이 유릭의 어깨를 잡으며 외쳤다. 들뜬 미소가 싱글벙

글했다.

“루께서 내게 동대륙을 찾으라 하셨어. 동쪽은 태양이 뜨는 방향이야. 너는 하늘산맥 너머에서 왔지! 세계가 하나로 합쳐지고 있어. 이게 계시가 아니면 도대체 뭐가 계시겠어? 동대륙을 찾는 건 내 사명이야.”

유릭은 파헬의 말을 전부 이해하지 못했다. 그는 턱을 긁적이며 붕대를 마저 갈았다.

“계시고 뭐고 나는 잘 모르겠지만 네가 기운을 차렸으니 된 거지, 뭐. 드디어 황제를 만나는 건가?”

“황제가 네게 관심을 보였어. 아마 마상창시합 때문이겠지. 평… 소보다 예의 바르게 행동해 줘.”

파헬이 걱정했다.

“걱정 마. 난 항상 예의가 바르잖아.”

유릭이 너스레를 떨었다.

유릭은 저녁이 될 때까지 누워서 휴식을 취했다. 전사는 상처를 입으면 잠을 잔다. 잠을 자면 몸이 치료된다. 유릭은 그런 전사의 방식을 믿었다. 태양교로 개종했지만 그는 여전히 바위도끼 부족의 유릭이었다. 정체성만큼은 변하지 않는다. 그래서 그는 태양전사가 될 수 없었다.

유릭은 종종 꿈을 꾼다. 파헬처럼 계시를 받는 것 같았다. 꿈은 언제나 초현실적이다.

불타는 대지, 비명, 전사들, 쇠와 피.

누군가에는 악몽이었으나 유릭에겐 익숙한 꿈이었다. 그는 피와 인연이 깊은 전사다. 살육의 꿈 따윈 일상이다. 흔들리던 꿈들이 옅어지며 사라졌다.

꿈들이 무얼 뜻하는지 유릭은 몰랐다. 그는 뛰어난 전사였으나, 자신을 되돌아보고 통찰하기에는 이른 나이다. 앞만 보고 달릴 시기였다.

"유릭, 그만 일어나. 약속 시간이야."

파헬이 유릭을 흔들어 깨웠다. 유릭이 노곤한 눈을 떴다.

"아아, 그래. 세상의 주인을 만나러 가자고."

유릭이 머리를 감싸며 중얼거렸다.

방문 밖에서 궁사관이 파헬과 유릭을 기다리고 있었다. 그는 두 사람을 만찬장까지 안내했다.

사람이 고기를 배 터지게 먹어봐야 한 근이다. 그 이상은 사치.

'눈이 돌아가겠군.'

유릭이 코를 찌르는 육향에 눈을 크게 떴다. 냄새를 맡자마자 허기졌다.

단 세 사람의 식사인데도 음식들이 길쭉한 식탁을 가득 채웠다. 이 세상에 존재하는 네발 달린 짐승, 두 발 달린 짐승, 날개 달린 짐승, 비늘이 있는 짐승……. 먹을 수 있는 온갖 짐승 고기가 노릇한 자태로 줄 서 있었다.

"세상의 주인을 뵙습니다."

파헬이 황제 얀키누스와 마주하며 인사했다. 유릭도 어설프게 자세를 따라 했다.

끼릭. 척.

만찬장 가장자리에는 호위기사들이 서 있었다. 그들이 정교한 제식동작으로 뒷걸음치며 그늘 속으로 사라졌다. 전원이 판금갑옷을 입은 강철 기사였다.

'열 명.'

유릭이 눈동자만 굴리며 기사의 숫자를 셌다. 유릭의 오랜 버릇이었다. 부족과 부족 간의 거래에서는 항상 상대방 전사의 숫자를 살핀다. 거래가 성사되지 않으면 전쟁으로 이어지기 때문이다.

"환영하네! 바르카 아누 포를카나! 유서 깊은 해양의 혈통이여! 그리고 마상창시합 우승자 유릭!"

얀키누스가 팔을 과장되게 펼치며 외쳤다. 그는 하얀 이를 드러내며 웃었다. 그가 걸친 자색 옷은 황제의 특권이었다. 보라색과 유사한 색은 어느 정도 저가형 염료로도 흉내 내지만, 진짜 짙은 자색 염료는 가장 비싼 염료 중 하나다. 황제의 자색 옷은 금을 녹여 물들인 거나 마찬가지다.

"초대해 주셔서 감사합니다."

그 말을 한 파헬이 유릭의 팔을 당겼다.

"역시 황제의 만찬장이군. 세상의 주인답게 세상에 있는 고기란 고기는 전부 내놓은 것 같아. 멋져. 감탄밖에 안 나오는군."

"유릭!"

파헬이 유릭의 말에 인상을 찌푸렸다. 공손하지 못한 말이었다.

"괜찮네. 야만인이란 게 다들 그렇지. 또한 그게 자네의 매력이 아니겠나!"

얀키누스는 유릭의 말에도 웃을 뿐이었다. 어쭙잖은 자가 저런 말을 내뱉었다면 그 자리에서 목이 떨어졌을 것이다. 얀키누스가 유릭의 언행을 봐주는 것은 유릭이 능력 있는 사람이기 때문이었다.

'북부 용자 미요른의 재림.'

얀키누스가 페르젠의 말을 떠올렸다. 페르젠은 유릭을 보고 미요른 같다 말했다. 미요른은 선대 황제가 고전했던 상대

중 하나다. 자칫하면 미요른이 북부를 통합해 제국의 심장까지 남하할 뻔했다.

통합된 북부는 만만한 상대가 아니다. 서로서로 싸워대는 북부의 부족들을 제압하는 데도 10년이 걸렸다.

'노야가 그렇게 평가할 정도면 보통 야만인이 아니라는 거지.'

제국에서 페르젠만큼 야만인 전사를 많이 봐온 사람은 없다. 페르젠은 평생을 전장에서 살아왔고 야만인 정복에 중년과 말년을 바친 기사다. 그 대단한 북부 용자 미요른조차 페르젠이 목을 벴다.

"앉게! 마음껏 먹고 마시게!"

얀키누스가 쾌활하게 말했다. 그는 풍류와 유흥을 아는 사내다. 그 누가 황제에게 도덕에 대해 간언하겠는가? 황권은 이미 인간 세상에서는 정점에 이르렀고, 사후의 태양신만이 그의 방탕함에 대해 죄를 물을 뿐이다.

딸깍.

문이 열렸다. 나신에 장신구만 걸친 여인들이 쪼르르 걸어왔다. 그녀들이 움직일 때마다 발목에서 방울이 딸랑였다. 손가락을 높게 들면 장신구들이 짤랑이는 소리를 냈다.

"춤을 춰라. 귀한 손님들이다."

얀키누스가 손뼉을 쳤다. 무희들이 옅게 웃으며 춤을 췄다.

짤랑이는 소리가 규칙적으로 났다. 그녀들의 춤사위에 유릭은 넋이 나갔다.

"파헬."

유릭이 파헬에게 속삭였다. 그가 말을 이었다.

"나 여기 오길 정말 잘한 것 같아. 여기가 극락이로군."

무희들이 손을 뻗었다. 고운 손가락이 유릭의 목덜미를 애무하듯 쓰다듬었다.

유릭은 웃음이 멈추지 않았다. 저렇게 아름다운 여인들이 연신 웃음을 흘리며 춤을 춘다.

'홀리지 않으면 남자도 아니지.'

파헬이 식은땀을 흘리며 여인들을 바라봤다. 백야궁의 밤이 기억났다.

'또 내 목에 칼을 들이밀까?'

파헬은 유릭처럼 즐기지 못했다. 애초에 그는 이런 자리가 불편했다.

"마상창시합 결승은 잘 봤네! 아니, 자네 시합 자체를 재밌게 봤었지. 범상치 않은 괴력이더군."

"힘이 세다는 소리는 많이 들었어."

유릭은 부족에서도 대단하다는 칭송을 받고 자란 사내다. 칭찬에는 익숙했다.

"유릭은 대단한 수준의 전사입니다. 이런 자를 용병대장으로 고용했다는 게 제 행운이었죠."

파헬도 유릭을 띄워줬다. 유릭은 어깨가 머리 위로 치솟는 느낌이었다.

"마상창시합 우승으로 무얼 원하나? 강철 기사단 입단을 원하나?"

얀키누스가 제안했다. 파헬이 눈을 크게 떴다.

'유릭에게 강철 기사단 제안을?'

하멜의 마상창시합 우승자가 강철 기사단에 가는 일은 흔하다. 하지만 유릭은 야만인이다. 강철 기사단은 지금까지 야만인을 받아들인 적이 없었다.

'파격적인 제안이다.'

파헬은 황제가 내민 제안이 얼마나 대단한 건지 알았다.

"강철……."

유릭이 말꼬리를 길게 끌었다. 그가 씨익 웃으며 말을 마저 뱉었다.

"강철 무기나 줘. 태양전사단의 무기고에 갔는데 좋은 무기가 많더군. 그놈들이 쩨쩨하게 굴더라고."

얀키누스가 손등을 턱에 가져다 대며 웃었다. 키득키득하는 낮은 웃음소리였다.

"좋아. 나중에 허가증을 따로 발급하지."

다른 사람에게는 인생을 바꿀 기회였다. 유릭은 황제의 눈에 들어서 높은 직위를 받을 수 있었다.

'유릭이 진정으로 원하는 게 뭐지?'

유릭이 원하는 건 돈이나 직위가 아니었다.

'내가 땅덩어리를 떼서 주며 귀족으로 봉한다고 말해도 유릭은 거절할 거야.'

파헬은 쓰게 웃었다.

유릭과 얀키누스는 의외로 오래 이야기를 했다. 유릭은 특유의 인간 친화력이 있었으며, 유릭과 얀키누스는 통하는 부분이 많았다. 웃음소리가 끝없이 이어졌다.

'오히려 내가 소외됐군.'

파헬이 고기 한 점을 집어 먹으며 생각했다. 그는 양념이 묻은 손가락을 가볍게 쪽 빨았다.

"대단하군. 그래서 추적대를 덮쳤단 말인가?"

얀키누스가 흥분했다. 유릭이 포를카나 국경수비대에게 쫓기던 일을 설명하고 있었다.

"이대로 도망치다간 말이 지쳐서 잡힌다 싶었지. 그냥 확 뒤로 덮쳤어. 포위만 안 당하면 해볼 만하다고 생각했거든. 도끼를 던져서 두 놈을 먼저 조지고, 다른 놈 말 위에……."

유릭이 과일을 말로 삼아서 식탁 위를 모의 전장판으로 만들었다. 얀키누스가 연신 감탄사를 터트리며 유릭의 이야기를 들었다.

"이론상으로는 충분히 가능하군. 다대일 상황에서라도 일대일 상황을 여러 번 만들어서 이길 수 있지. 하지만 다른 사람이 그 말을 했다면 허풍으로 취급했을 걸세. 자네가 싸우는 걸 직접 봤기에 나는 믿는 거지."

유릭은 자신의 무용담을 열심히 자랑했다.

"자네의 무용담은 나중에 더 듣도록 하지. 오늘 바르카 왕자가 여기에 온 목적이 있네."

얀키누스가 싱글벙글 웃으며 파헬을 쳐다봤다.

'드디어 내 차례다.'

유릭이 분위기를 부드럽게 만들었다. 얀키누스의 기분은 상당히 좋아 보였다.

'나는 루의 계시를 받았어. 이건 내 사명이다.'

파헬이 눈을 감으며 깊게 심호흡했다. 파란 눈동자에 총명의 빛이 깃든다.

"이걸 제게 주신 까닭을 알고 있습니다, 폐하."

파헬이 비취 조각상을 식탁에 내밀었다. 구슬을 물고 있는 용이 당장이라도 살아서 움직일 듯했다.

"호오? 그저 선물일 뿐인데, 과대해석을 한 게 아닌가?"

얀키누스가 몸을 뒤로 젖힌 채로 턱을 괴었다. 그가 눈짓하자 무희들이 춤을 멈추곤 기둥 뒤로 몸을 숨겼다.

"선물에는 선물을. 그때 하신 말씀이지요."

"그건 사람의 도리를 말한 거지."

"저의 왕위 계승을 도와주신다면 폐하께서 원하는 걸 드리겠습니다."

"난 세상 전부를 가졌는데 뭘 원한다는 말인가? 지금 나를 기만하겠다는 건가? 바르카 왕자."

얀키누스가 위협적으로 말했다. 파헬이 움찔하며 유릭을 쳐다봤다. 유릭은 고기 자르는 칼을 바라보고 있었다.

'역시 넌 대단해. 이 상황에서도 수가 틀리면 싸울 생각을 하다니.'

유릭은 황제 앞에서도 주눅이 들지 않았다. 파헬은 그런 유릭의 강함을 동경했다.

"동대륙 탐험."

파헬이 짧게 말했다.

"하하하! 동대륙이라니! 진심으로 하는 소리인가? 바르카 왕자, 그건 그저 북부인들이 지어낸 전설일 뿐이네."

얀키누스가 배를 잡으며 비웃었다.

"증거가 나왔다면 더 이상 지어낸 전설이 아니지요. 폐하께서도 조각상 때문에 동대륙의 존재를 믿고 계시죠. 저도 믿고 있습니다. ……어젯밤 루께서 제게 동대륙을 찾으라 말하셨습니다."

"루의 계시?"

얀키누스도 그건 예상치 못했다.

"탐험을 결심하는 순간, 저는 세상의 끝이 걷히고 바닷길이 열린 걸 느꼈습니다. 더 이상 우리를 가로막는 절벽은 없습니다. 루께서 태양이 떠오르는 땅으로 우리를 인도할 겁니다. 이건 누구의 것도 아닌 제 사명입니다. 폐하, 저는 동대륙을 찾을 겁니다."

"정말인가? 루의 뜻이라고?"

얀키누스가 벌떡 일어났다. 동대륙 탐험과 태양교의 교리는 충돌하는 면이 많았다. 그래서 황제는 동대륙 탐험을 대외적으로 추진하지 못했다. 아무리 무소불위의 권력을 가진 황제지만 정면으로 교리를 부정하는 건 위험한 짓이었다.

특히나 동대륙의 존재는 이교도 북부인의 전설이다. 태양교인이 동대륙을 믿는다고 말했다간 비웃음거리가 된다.

"유일한 해안 왕국의 혈통인 제가 본국에서 추방당하듯 제국에 왔습니다. 황제폐하께서는 동대륙을 탐험하고 싶어 했죠. 그리고 동대륙의 증거인 동방신물이 우리 손에 있습니다. 이게 전부 우연이라고 생각하십니까? 도대체 루의 뜻이 아니라면 누구의 뜻인 겁니까? 저는 사원에서 꿈을 꿨고, 빛이 떠오르는 동대륙을 봤습니다!"

파헬이 외쳤다. 얀키누스조차 파헬의 강렬한 믿음에 휩쓸렸다.

"루의 뜻……."

방탕한 얀키누스. 하지만 그도 태양교의 신자다. 사후세계의 악귀가 되는 것만큼은 두려웠다. 그는 자신의 죄에 대한 대가로 막대한 헌금을 태양교에 매번 바쳤다.

"정말로 루의 뜻이란 말인가."

얀키누스가 그 말을 곱씹었다.

"이 모든 게 루의 인도였던 겁니다. 폐하, 우리의 삶은 루의 뜻 아래에 있죠. 죽는 것도 사는 것도. 마음대로 하십쇼. 저를 여기서 죽여도 좋습니다. 그게 루의 뜻이라면요. 제가 계시를 잘못 해석한 거겠죠! 하지만 루께서 사명을 내린 이상 저는 여기서 죽지 않을 겁니다."

파헬이 주먹을 불끈 쥐었다. 얼굴에 힘이 절로 들어갔다. 인상이 강인했다.

"놀랍군, 바르카 왕자. 솔직히 말하자면 난 자네를 왕으로 만들 생각이 없었네. 내 수수께끼를 풀지 못할 거라 생각했지!"

얀키누스가 벌떡 일어났다. 그가 식탁에 올라간 음식들을 옆으로 걷어치웠다.

와장창!

그릇들이 땅바닥에 떨어지면서 요란한 소리가 났다. 얀키누스가 그 위에 올라섰다.

"나는 동대륙을 원하네! 내 할아버지와 아버지는 위대한 황제였지. 후세에도 길이 회자될 업적을 세웠어. 나 또한 위대한 업적을 남긴 황제로 남고 싶네. 야만인 융화? 학문의 부흥? 이런 건 아무것도 아니야. 그저 내 선조들이 닦아놓은 기틀 아래에서 전성기를 보낸 황제로 남겠지. 사람들이 진정으로 열광하는 업적은 그런 게 아닐세."

"……정복이지."

가만히 듣고 있던 유릭이 읊조렸다.

"그래, 내 할아버지와 아버지가 그랬던 것처럼!"

얀키누스가 목소리를 짜내듯 외쳤다. 그가 숨을 헐떡였다. 식탁을 걸어가며 음식들을 발로 걷어찼다. 포도주가 담긴 통을 한 손으로 들어서 들이마셨다.

"이걸 보게, 바르카 왕자."

얀키누스가 뒷주머니에서 서신 하나를 꺼냈다. 파헬이 눈을 굴리며 서신을 읽었다.

"제 숙부에게서 온 서신이군요."

파헬이 이를 바득 깨물었다.

"자네 숙부는 조공을 두 배로 바치겠다고 하더군. 대신에 왕위 계승을 묵인해 달라고 하면서 말이야. 하지만 지금의 자네를 보면 왜 숙부를 저렇게 활개 치게 놔뒀는지 이해가 되지 않을 정도야. 나는 내가 사람 보는 눈이 있다고 생각하네. 자네

같이 총명한 왕자가 이렇게 쫓겨날 정도면 숙부 하르마티 공작도 굉장한 능력자라는 소리겠지."

파헬이 쓴웃음을 지었다.

'과거의 나는 그렇게 당하고도 남을 정도로 어리숙했지.'

얀키누스가 술잔을 파헬에게 건넸다.

"내 잔을 받게, 왕자. 자네는 루의 계시를 받았다고 스스로 말했어. 나는 그 말을 믿네. 하지만 정말로 자네가 루의 사명을 받은 거라면, 루께서 자네의 왕위를 되찾도록 도와줄 걸세."

"그게 무슨 의미입니까?"

얀키누스가 파헬의 앞에 앉았다. 그가 포도주를 벌컥벌컥 마셨다.

"일종의 결투 재판이지. 왕국을 걸고 하는 재판. 하르마티 공작에게 대적할 만큼의 병력과 명성을 자네에게 빌려줄 거네. 내 지지 아래에서 내전을 벌이게. 다른 방법이 없는 하르마티 공작은 필사적으로 항전하겠지. 자네가 정말로 루에게서 동대륙 탐험의 사명을 받은 자라면 루께서 승리하도록 도우실 거야."

"얼마만큼의 병력입니까?"

"강철 기사 오십 명과 제국 군인 천 명이네."

"왕국 하나를 제압하기에 충분한 병력은 아니군요."

파헬이 불만을 표했다.

얀키누스가 눈을 빛내며 파헬의 뺨을 감쌌다. 그가 사납게 웃었다.

"자네는 루의 사명을 받았네. 그러니 승리할 걸세."

그 말의 이면은 뻔했다.

'이 병력으로 이기지 못하면 루의 사명을 받은 게 아니다.'

결투 재판이란 그러한 것이다. 루의 뜻에 따라 이기고 지는 것.

파헬이 얀키누스를 바라봤다. 세상의 주인, 황제 얀키누스 하멜론. 드디어 그의 지원을 받아냈다.

"다음에는 왕이 되어 뵙겠습니다."

파헬이 고개를 숙이며 말했다. 얀키누스가 팔을 크게 벌리며 환호했다.

"루를 찬양하라. 태양이여, 영원하라!"

먹고 마시고 즐겼다. 황제가 손뼉을 치자 어질러진 음식들만큼이나 새로운 음식들이 꾸역꾸역 나왔다. 땅바닥에 떨어지고 식은 음식들은 시종들의 것이었다.

길고 긴 저녁 식사가 끝났다. 잔뜩 취한 얀키누스가 휘청거렸다. 인사를 마친 파헬과 유릭이 만찬장을 나가려고 했다.

"갑옷 파괴자 유릭!"

얀키누스가 손가락을 치켜들며 외쳤다. 유릭이 어깨를 으쓱하며 뒤를 돌아봤다.

"그래, 내 이름은 유릭이지. 그렇게 말하지 않아도 알고 있어."

"한 가지 궁금한 게 있군. 자네는 어디 출신 야만인이지? 억양이 낯설어서 말이야. 나도 태양전사단의 야만인들과 이야기를 자주 나눠봤거든!"

유릭이 검지를 위로 치켜들었다.

"북부. 좀 구석 출신이라서 말해도 모를 거야, 황제폐하."

"하! 그럴 줄 알았어! 역시 북부의 야만 전사가 강인하지."

얀키누스가 꼬인 혀로 외쳤다.

유릭이 웃었다. 그의 등줄기에서 식은땀이 흘러내렸다. 아무리 강인한 전사라도 군대를 홀로 막진 못한다. 유릭은 처음으로 하늘산맥을 넘었다는 사실이 두려웠다. 그는 세상의 경계를 무너뜨렸다.

Chapter 2

제국 수도 하멜에 도착한 지 두 달가량 지났다.

“바르카 아누 포를카나, 태양의 아들이여. 태양신 루의 가호가 그대에게 있기를.”

파헬은 성인식을 약식으로 마쳤다. 그는 드디어 성인이 되었고 왕위 계승의 정당성을 완전히 얻었다. 파헬은 태양이 새겨진 백색 망토를 벗으며 일어섰다.

“제 일생을 바쳐 루의 사명을 이루겠습니다.”

파헬이 중얼거렸다. 성인식을 주례하던 성직자는 의아했지만 아무런 말도 하지 않았다.

짝, 짝, 짝.

소수만 참가한 성인식이었다. 필리온이 힘차게 손뼉을 쳤다.

“원래라면 대관식도 함께 해야 하거늘. 이런 초라한 성인식이라니……."

필리온이 울컥한 마음에 말했다. 포르카나의 현 국왕은 혼수상태다. 성인이 된 파헬이 왕위를 계승하는 건 당연하다.

"형식은 중요하지 않아. 내가 어른이 되었다는 게 중요하지."

파헬이 차분하게 말했다. 성인식이 끝나자마자 사람들이 흩어졌다.

'내일이면 출정한다.'

황제 얀키누스는 파헬의 왕위 계승을 돕기 위해 제국의 군대를 소집했다.

강철 기사 50명과 제국 군인 1,000여 명. 대단한 병력이었다. 어딜 가도 이보다 우수한 전투 병력을 구하지 못한다. 이런저런 비전투 인원까지 합하면 1,500명에 달하는 규모다. 파헬이 어떤 수를 쓰더라도 이 정도의 병력을 홀로 모으진 못한다.

'하지만 이 정도로도 숙부를 무너뜨리기엔 부족해.'

파헬은 포르카나 귀족들의 지지를 먼저 얻어야 했다. 바로 왕성으로 달려가는 건 자살행위다. 포르카나 왕국은 수성과 수비에 강했다. 국경은 협곡과 강으로 둘러싸여 있었고 대부분의 영지와 성은 바다를 등지고 있다.

'황제의 지지를 얻어내긴 했지만 내가 루의 가호를 받지 못하고 있다고 판단하면 언제 말을 바꿀지 몰라.'

파헬의 생각은 복잡했다. 그는 이제 물릴 수 없는 상황에 들어섰다.

'숙부를 죽이고 왕이 되느냐, 숙부에게 죽느냐. 둘 중 하나지.'

파헬이 예복을 벗고는 평복으로 갈아입었다. 그의 눈동자는 퀭했다. 수도에 온 뒤로 잠을 푹 자본 적이 없었다.

출정의 아침이 밝았다. 파헬은 뜬 눈으로 침대에 누워 있다가 일어섰다. 그는 찬물로 세수를 하곤 창가에 서서 기도했다. 파헬은 동녘의 햇빛을 눈동자에 담았다. 동공이 아려오며 시야가 뿌옇게 변했다.

'동쪽.'

애증 어린 단어. 파헬이 눈을 감으며 일어섰다. 그는 필리온과 함께 수도의 성벽 바깥으로 나갔다.

"왕자님의 군대입니다."

성 밖으로 나온 필리온이 말했다. 파헬은 킬리오스의 고삐를 당기며 바람을 맞았다.

"황제폐하를 위하여!"

기사와 병사들이 외쳤다.

"내 군대가 아니야. 황제에게서 빌린 군대지. 내게 충성하는 자들은 저기에 없어."

파헬이 중얼거리며 군대를 바라봤다.

"훗훗. 그럼 가 볼까요, 바르카 왕자."

귀 익은 웃음소리였다. 필리온과 파헬이 눈을 크게 떴다.

"페, 페르젠!"

흉갑만 입은 페르젠이 말을 타고 다가왔다.

'어째서 검귀 페르젠이?'

페르젠의 합류는 예상치 못했다.

"이번 출정이 제 마지막 출정일지도 모르겠군요. 매번 마지막이라 생각했지만 어느새 여기까지 왔습니다. 삶이란 인간의 뜻대로 되지 않는 법. 그저 루의 변덕에 달린 인생이죠."

페르젠이 챙이 넓은 모자를 눌러쓰며 말했다. 태양빛을 피하기 위한 의사의 처방이었다.

"크나큰 영광입니다, 페르젠 장군."

파헬이 고개를 꾸벅 숙이며 말했다. 명성 높은 검귀 페르젠, 그가 군대에 합류했다. 이보다 더 든든한 기사는 없었다. 그의 존재만으로도 사기가 하늘을 찌를 듯 높았다.

"검귀가 함께한다!"

"페르젠 장군!"

페르젠이 말을 타고 지나가자 병사들이 환호하고 기사들은 엄숙히 예를 표했다. 상대는 제국의 건국부터 현재까지 함께한 전설이다.

"황제가 보낸 걸까?"

파헬이 필리온의 귀에 속삭였다.

"글쎄요. 페르젠 장군 정도의 지위라면 이미 누구의 명도 듣지 않을 겁니다. 황제조차 건드리지 못하는 거물이지요. 아무래도 스스로 출정하고 싶었던 것 같습니다. 우리에겐 어쨌든 좋은 일입니다."

필리온이 페르젠을 바라봤다. 페르젠은 그 존재만으로도 아군의 사기를 올렸다. 적들에게는 공포가 될 터다.

"페르젠의 존재는 내가 황제의 지지를 확고하게 얻었다는 증거가 되겠군."

파헬이 킬리오스의 옆구리를 차며 말했다. 그는 유릭의 형제들 진영에 합류했다. 지금은 용병들이 파헬의 사병이었다. 오히려 제국군보다 믿을 만한 존재들이다.

"워우, 멋지군. 진짜 전쟁이라는 느낌이 들어."

유릭이 파헬 옆에서 군대를 보며 말했다.

"즐거워?"

파헬이 유릭을 보며 말했다. 유릭은 웃을 뿐이었다.

"널 위한 전쟁이잖아. 소원대로 왕이 되라고."

"유릭, 내가 왕이 되면 넌 어쩔 거야?"

파헬이 말에서 내렸다. 나란히 서 있으니 유릭이 머리 하나 정도 더 컸다.

"보상을 받아야지, 돈으로."

"그러곤?"

"떠나야지. 아직 내가 보지 못한 것이 많으니까. 이참에 남부로 내려갈까 싶어. 이거 봐봐, 죽이는걸. 역시 제국강철 무기야."

유릭이 도끼를 뽑아서 빙글빙글 돌리며 말했다. 강철도끼의 날이 매끄럽게 빛났다. 흠집조차 없는 도끼날이었다. 유릭은 황제의 허가증을 받아서 태양전사단 무기고를 한바탕 휘젓고 왔다.

'도끼 두 자루, 새로운 검. 모조리 제국강철로 만든 무기지.'

전사라면 누구나 부러워할 만한 무기였다.

"유릭, 동대륙에 가 보고 싶진 않아?"

"준비만 해도 십여 년은 걸린다면서? 십 년 후에나 이야기하라고."

유릭이 코웃음 치며 말했다. 해안 왕국 포르카나라도 동대륙 탐험은 쉽지 않은 사업이다. 거리가 얼마나 되는지도 모른다.

파헬이 먼저 걸어가는 유릭의 등을 쳐다봤다. 왕이 된다면 저런 친구를 다시 만들지 못할 것이다.

"탐험선단을 꾸리면 네 자리를 남겨둘게."

"그때가 되면 기꺼이 합류하지."

유릭이 돌아보지도 않고 대답했다.

제국 수도 하멜에서 출발한 군대는 중간중간 영지와 도시에 들러 보급을 했다. 1,000명이 넘는 군대의 보급은 쉽지 않았다. 생각보다 이동 일정이 길어졌다.

"검귀 영감."

유릭이 짐마차에 올라탄 채로 말했다. 보급 물자가 잔뜩 쌓인 마차였다. 그런 보급 마차들이 줄지어 행군을 따라왔다.

"흣흣. 이게 누구신가, 마상창시합 우승자 유릭이로군."

"누구한테 물어도 영감이 제국 최고의 기사라고 하더군."

유릭이 마차 위에서 풀쩍 뛰어내렸다. 그가 칼을 뽑아 들었다.

"싸움이라도 하자는 건가? 그럴 때가 아닐 텐데."

페르젠이 뒷짐을 지고 고개를 갸웃했다.

"아니, 검을 가르쳐 줘. 기사 검술 말이야. 이왕 배우려면 최고한테서 배워야지."

"어째서 검술을 배우려는 거지?"

페르젠이 오히려 의아하게 물었다.

"야만인이라고 무시하는 거야? 검술 좀 가르쳐 달라고."

"그게 아닐세. 자넨 기사 검술을 배울 필요가 없어. 충분히 강하네. 자신만의 싸움법이 있지. 지금 저기 기사들 중에 아무나 집어서 불러도 자네를 이기지 못할 걸세."

"그렇게 대단케 생각해 주니 영광이로군."

유릭이 기사처럼 손을 배에 대며 고개를 숙여 인사했다.

"분명 자네도 알고 있겠지. 기사 검술 따위를 배워도 쓸 일이 없다는 걸 말이야. 자네가 기사 검술을 배우고자 하는 이유는 하나지."

페르젠이 백안을 날카롭게 떴다.

'무섭기 짝이 없는 야만인이로다. 젊어서 그런 걸까? 생각이 유연하고 남의 것도 거침없이 받아들이는군.'

유릭은 기묘한 야만인이었다. 그에겐 야만과 문명이 공존했다.

"흐응, 내가 왜 기사 검술을 배우려고 한다고 생각해?"

"적을 이기려면 적을 알아야 하는 법. 기사 검술을 배우면 기사들을 상대하기 더 쉽겠지. 안 그런가?"

유릭이 머리를 긁적였다.

"그래서 가르쳐 줄 거야, 말 거야?"

"포를카나 왕국으로 가는 동안의 심심풀이는 되겠군. 검을 잡게."

페르젠이 뒷짐을 지곤 유릭을 쳐다봤다. 그는 여러 기사를 키워낸 적이 있다. 페르젠의 종자를 거쳐서 유명한 기사가 된 사람이 한둘이 아니다. 페르젠은 가르치는 데도 이골이 났다.

키이잉.

유릭이 제국강철검을 뽑아 들었다. 검명이 아름다웠다. 깨끗한 검신을 보자 마음도 맑아지는 기분이었다.

"기사 검술의 기본은 양손검이네. 왜 그런지 아나?"

"그걸 알면 내가 기사겠지, 이 영감아."

"말투는 공손히. 기사는 예의가 있어야지. 페르젠 경이라 부르게. 싫으면 검을 집어넣고 돌아가."

페르젠이 싱글벙글 웃으며 말했다.

"크흠. 페, 페르젠 경. 왜 양손검을 쓰는 건지 나는 모르겠어."

"됐네, 경은 무슨. 기사라고 해봐야 무기를 든 인간 백정이지. 인간 백정이니까 오히려 더 예의를 따지는 거네. 기사들은 서로 예의를 지키지 않으면 명예가 상했다며 칼부터 뽑고 보는 놈들이거든. 나도 기사지만 아주 정신 나간 족속들이지. 훗훗."

페르젠이 가늘게 웃으며 손을 저었다.

"큭큭. 마음에 드는걸, 영감."

유릭도 배를 잡으며 웃었다. 페르젠은 유릭이 태어나기 전부터 칼을 휘두르던 전사다.

'그만큼 누구보다 전사의 본질을 잘 알고 있지. 다른 이름으로 바꿔 부르며 포장을 해도 기사든 전사든 결국 사람을 죽이는 사람이다.'

그 본질은 폭력적이고 잔혹하다.

"기사 검술의 탄생은 중갑과 연관이 깊네. 세월이 흐르면서 갑옷은 더 촘촘해지고 단단해졌지. 방패가 없어도 기사들은 충분한 방어력을 얻을 수 있었어. 당장 우수한 사슬갑옷만 입어도 어지간한 공격은 방호가 되지. 판금갑옷은 말할 것도 없네."

"아! 판금갑옷! 멋진 갑옷이지!"

유릭이 추임새를 넣으며 히쭉히쭉 웃었다.

"좋은 장비를 입은 기사일수록 방패의 의존도가 떨어지지. 어느새 양손잡기가 주력 자세고, 한손잡기와 방패는 보조 자세가 됐네. 사실 한손잡기와 방패도 나쁘지 않으나, 좋은 갑옷을 입지 못하는 가난한 기사들이나 쓰는 자세로 인식되다 보니 자존심 때문이라도 방패를 잘 잡지 않게 된 거네. 그러다 보니 양손검 자세가 기본이 되어버렸지."

"오오, 그래? 그 자세 이름이 뭐였지? 부엉이의 자세?"

유릭이 엉거주춤하게 칼을 양손으로 잡아서 위로 들어 올렸다. 기사들이 가장 많이 쓰는 상단 자세였다.

"부엉이가 아니라 올빼미의 자세. 양손으로 칼을 치켜든 공격적 자세네. 보기에도 화려하고 멋지지."

페르젠이 유릭을 한 바퀴 돌아봤다. 그가 유릭의 허리와 다리를 툭툭 건드리며 자세를 교정했다.

"자세들은 하나가 아니라 유기적으로 이어지네. 기사는 올빼미가 되었다가 늑대가 되기도 하며, 뱀처럼 교활하게 싸우기도 하지. 아니면 오소리처럼 빠르게."

페르젠이 검리를 설명했다. 그도 자세를 하나씩 취했다.

유릭은 본격적으로 페르젠에게 검술을 배웠다. 유릭도 전사로 극한에 도달한 인물이었다. 페르젠의 설명을 금방 이해하고 받아들였다. 기사 검술을 상당한 수준까지 익히는 데 보름도 걸리지 않았다.

"봐봐! 멋지지! 이게 바로 올빼미의 자세라고."

유릭이 용병들 사이에서 자랑하듯 말했다. 그가 자세를 취하자 용병들이 웃어댔다.

"그렇게 뚱뚱한 올빼미가 어디 있어? 차라리 닭의 자세라고 말하지그래?"

바크만이 다른 용병들을 선동하며 말했다. 유릭의 얼굴이 시뻘겋게 변했다.

"유릭."

모닥불에 앉아서 무기를 닦던 스벤이 유릭을 불렀다.

"왜?"

스벤이 눈을 흘기며 주변 용병들을 쫓아냈다. 용병들이 눈치껏 자리를 비켰다.

"요새 검귀 페르젠과 친하게 지내더군."

"엉? 그래서 기분이라도 상했어? 내가 태양전사와 어울리든 검귀와 어울리든 그건 내 자유야."

유릭이 미리 말했다. 그는 스벤의 기분을 맞춰주려고 사는 게 아니었다.

"그게 아니네. 검귀 페르젠은 반평생을 야만인과 싸워온 자지."

"그래서?"

유릭이 이맛살을 찌푸렸다. 유릭은 야만인이라 불리지만 침략받은 북부나 남부 출신이 아니다. 제국에 대한 적개심이 없었다.

"조심하게. 야만인에 대해 야만인보다 잘 아는 자가 검귀 페르젠일 걸세. 전장에서 살아온 자들에게는 평생의 숙적이 떨어진 마누라보다 친숙한 법이지. 자네의 출신지를 숨기고 싶다면 말이네……."

유릭이 움찔했다. 그의 표정이 사납게 변했다가 가라앉았다.

"충고 고마워, 스벤. 그 말이 맞아. 난 아직도 미숙하군. 페르젠과 거리를 둬야겠어."

"자네는 우리 북부인이 어떤 신세가 되었는지 직접 봤지. 선례를 보고 배울 줄 모르는 자는 어리석은 자네."

스벤의 진심 어린 충고였다. 유릭은 고개를 끄덕였다.

유릭은 그날 야영에서는 페르젠을 찾아가지 않았다. 용병들과 시간을 보내며 주사위 도박이나 했다.

그렇게 사흘이 지나자 페르젠이 먼저 유릭을 찾아왔다.

"요새 바쁜가 보군. 아직 가르쳐 줄 게 많이 남았는데 말이야."

"그 정도면 충분해. 그간 고마웠어, 검귀 영감."

유릭이 웃었다.

"검귀 페르젠의 가르침은 억만금을 주고도 받고 싶어 하는 사람이 수두룩하네. 그나저나 저번부터 궁금했던 게 있는데……."

페르젠이 탁한 눈동자로 유릭을 쳐다봤다.

"자네 억양이 무척이나 특이하군. 어디 출신인 거지?"

유릭이 고개를 천천히 들어 올렸다.

"딱 보면 모르겠어? 당연히 북부지."

"북부 억양도 여럿 알지만 자네 같은 억양은 처음이라서 말이네. 어디에서 온 거지? 카리하? 스휘르체그?"

페르젠이 한 걸음 더 가까이 다가왔다. 탁한 눈동자는 시야가 흐려진 만큼 속내가 보이지 않았다.

"유릭! *이리 와. 급한 일이 있어.*"

멀리서 스벤이 유릭을 불렀다. 뒷부분은 북부어였다. 이럴 때를 대비해 미리 짜둔 대화였다.

"알았어. 곧 가지, 형제."

유릭은 사흘 동안 북부어를 찔끔찔끔 배웠다. 그런 것치고는 발음이 능숙했다.

"북부어라면 나도 좀 할 줄 알지."

페르젠이 옆에서 태연히 말했다.

'빌어먹을 영감탱이!'

페르젠의 북부어를 들은 유릭은 온몸에 소름이 돋았다.

"괜히 내가 바쁜 용병대장을 붙잡고 있었군. 가 보게나. 흣흣."

페르젠이 웃으면서 눈을 감았다. 유릭이 뒤를 돌아서 스벤에게 걸어갔다.

걸어가는 동안 유릭은 고요히 생각했다. 멀어지는 페르젠의 걸음 소리를 들었다.

쿵, 쿵, 쿵.

심장박동 소리가 규칙적이다. 유릭의 눈동자가 서늘하게 가라앉았다. 누런 살의가 동공에서 피어올랐다. 손가락이 칼자루를 더듬었다.

'더 캐어낼 생각은 하지 마, 검귀 영감. 난 당신이 마음에 들어.'

유릭의 입꼬리가 들썩였다. 그는 스스로에게 속삭였다.

"……그러니까 죽이기 싫어. 얌전히 있어줘."

유릭이 손가락으로 자신의 눈을 쓸어내려 감았다. 유릭은 감았던 눈을 천천히 떴다. 살의가 사라졌다.

"나이를 속이긴 힘들군."

페르젠이 개인 천막에 들어오자마자 중얼거렸다. 노인치고는 강건한 체격이지만 근육도 체력도 옛날 같지 않았다. 해가 갈수록 나약해지는 걸 느꼈다.

"검귀, 페르젠. 훗훗."

나이 일흔을 넘긴 노괴. 참으로 오래 살았다.

'내가 이렇게 오래 살아남을 줄이야. 기구하군.'

젊은 시절의 전우들은 다 떠나보냈다. 섬기던 주군조차 두 명이나 먼저 죽었다.

뿌드득.

페르젠이 흉갑을 벗으며 뻐근한 허리를 세웠다. 관절들이 비명을 지른다.

"아이고, 이래서야 내일 말이나 탈 수 있을지 모르겠군."

페르젠이 뻣뻣한 자세로 의자에 앉았다. 허리를 깊게 기대고 나서야 표정이 한결 편안해졌다.

"후우."

페르젠이 흐릿한 눈으로 자신의 주름진 손을 바라봤다. 쭈글쭈글해진 손가락은 추했다. 상처와 주름이 구별되지 않았다. 손톱은 깨지고 부서지길 반복해 기형적으로 자랐다. 예전 부상 때문에 손가락 몇 개는 통각조차 없었다.

'왼쪽 귀도 잘 들리지 않지.'

페르젠이 새끼손가락을 왼쪽 귓구멍에 넣어서 고름을 파냈다. 한 번씩 빼주지 않으면 귓구멍에 고름이 찼다.

우우웅.

귓가에 멍한 소리가 들렸다. 가만히 앉아 있는데도 술에 취한 것처럼 세상이 어질어질했다.

"또 시작이로군."

페르젠이 눈을 감고 어지럼증이 가라앉길 기다렸다.

어디 하나 멀쩡한 곳이 없었다. 오십 년을 전장에서 구른 기사다. 수많은 부상과 충격으로 온몸이 망가졌다.

'나 역시 젊음이 부럽구나. 추한 생각이지.'

빛나던 시기가 떠올랐다. 육체도 경험도 절정에 이르러 무서울 게 없었다. 칼만 들면 어떤 적도 겁나지 않았다. 그의 앞에서 무수히 많은 강적이 쓰러졌다.

"들어가도 되겠습니까? 페르젠 장군."

천막 바깥에서 누군가 서성였다. 페르젠이 길게 심호흡했다. 아직도 어질어질해서 토할 것만 같았다.

페르젠은 고통을 참는 데 익숙했다. 그는 목소리를 가다듬었다.

"누군지 모르겠지만 들어오게."

바깥은 야영 준비로 한창이었다. 소란 속에서 한 사내가 페르젠의 천막으로 들어왔다.

'용병?'

페르젠이 흐린 눈으로 사내를 쳐다봤다.

"유릭의 형제들 부대장 도노반입니다."

"반갑네, 도노반."

페르젠이 의자를 가리키며 말했다.

삐걱.

도노반이 의자에 앉으며 웃었다. 그답지 않은 부드러운 미소였다.

"그래, 용병단 부대장이 무슨 일로 이 늙은이를 찾아온 거지?"

"페르젠 장군은 저를 기억하시지 못하겠지만 저는 페르젠 장군을 잘 압니다."

"내가 그쪽 가족이나 형제를 죽이기라도 했나? 워낙 원한을 많이 사고 다닌지라 낯선 일도 아니군. 훗훗."

페르젠이 녹슨 웃음소리를 냈다.

"아뇨, 장군께서는 제 목숨을 구해주셨습니다. 십 년 전쯤이군요. 야만인 잔당 토벌 막바지였습니다. 팔카타 고원 전투를 기억하십니까?"

도노반의 목소리가 군인처럼 딱딱해졌다. 페르젠과 만나자 몸이 과거의 습관을 떠올렸다.

"팔카타! 고된 전투였지! 교활한 놈들이 함정을 파고 우릴 기다리고 있었어. 많은 군인이 죽었지. 자네도 그 전투에 있었나? 이 자리에서 옛 전우를 만났군!"

페르젠이 기뻐하며 외쳤다.

"네, 제6보병대였습니다. 루몽드 경의 지휘를 받았죠."

"아아, 루몽드. 루몽드."

페르젠이 그 이름을 입안에 담았다. 그를 스쳐 간 기사는 한둘이 아니다. 노쇠한 기억력이 과거를 더듬었다.

"이렇게 말하면 기억나실 겁니다. 명령에 불복종한 부하에게 죽었죠."

페르젠이 손뼉을 크게 쳤다.

"기억났어! 루몽드. 그래! 제6보병대에서 한 병사가 폭동을 일으켰지. 루몽드는 명령에 불복한 병사를 베려고 했지만 오히려 폭동을 일으킨 부하들에게 죽었어. 내 말에 틀린 거라도 있나? 상관살해자 도노반."

도노반이 씨익 웃었다.

"아직 정정하시군요, 페르젠 장군."

"팔카타 전투에서 이기지 못했다면 아무리 나라도 자네를 살리지 못했을 걸세. 경위야 어찌 됐든 상관을 죽인 병사를 그냥 보낸다면 기강이 흐트러지지."

"그때는 말하지 못했지만 지금은 당당히 말하겠습니다. 루몽드는 미친놈이었습니다. 놈의 말대로 돌격했다면 제6보병대는 전멸했겠죠."

도노반이 무릎을 경쾌하게 쳤다.

"자네의 판단은 정확했네. 다른 보병대들은 궤멸에 가까운 피해를 입었지. 기사단이 합류하길 기다리는 게 정답이었어."

페르젠과 도노반은 팔카타 전투를 즐겁게 복기했다.

"…어쨌든 감사의 인사를 하고 싶어서 이렇게 찾아왔습니다. 이러니저러니 해도 장군 덕분에 목숨을 건졌으니까요."

"불명예제대였지. 자네는 지금은 이렇게 용병으로 살고 있군. 거기다 부대장이라니, 출세한 거 아닌가?"

"원래는 검투사였습니다. 여차여차해서 용병이 된 거죠. 사연을 이야기하자면 깁니다."

"나는 이야기를 듣는 걸 좋아하지. 잠깐만 기다려 보게. 좋은 술이 있네."

페르젠이 포도주 주머니를 꺼내서 잔에 따랐다. 빛깔이 좋은 술이었다. 도노반은 이렇게 고급스러운 술을 마셔본 적이 없었다.

"좋군요. 어디서부터 시작해야 할까요. 제가 검투사가 된 사연부터 시작하는 게 좋겠죠."

도노반이 구구절절 말했다. 페르젠이 턱을 괴며 차분히 이야기를 들었다. 취기가 오른 도노반의 말이 빨라졌다.

"그러다가 도시 앙카라에서 유릭을 만났습니다. 검투 중개상이 신인이랍시고 세상 물정 모르는 야만인 유릭을 데려왔죠. 그런데 그놈이 더럽게 잘 싸우는 겁니다. 원래 검투단 간판은 저였는데, 금방 제 위치를 위협할 정도로 성장했죠."

"호오오?"

도노반이 반쯤 불만에 찬 말투로 말을 이었다.

"그러다가 도적에 습격당해서 검투 중개상 호루스가 죽었습니다. 여러 도시에 인맥이 있는 중개상이 없으면 아무리 뛰어난 검투사들이라도 검투단을 계속하긴 힘들죠. 결국 이렇게 용병업에 뛰어들게 되었습니다."

"우여곡절이 많았군. 한 잔 더 마시게. 그나저나 유릭에 대해 더 말해보게. 범상치 않은 야만인이더군."

"하하, 달리 설명할 게 뭐가 있겠습니까? 장군께서도 보셨지 않습니까?"

도노반이 이를 활짝 드러냈다. 포도주 때문에 이가 보랏빛이었다.

"그저 괴물입니다. 그놈이 저지른 짓들을 말해도 믿지 못하실 겁니다."

도노반은 자랑스레 말했다. 누가 뭐래도 유릭은 그가 속한 용병단의 대장이었다.

유릭은 기억을 더듬었다. 가장 오래된 기억은 초원이었다.

바람이 부는 초원이다. 풀들은 낮게 자란다. 메마른 땅은 터벅하다. 숨을 쉬면 공기의 질감이 거칠었다. 어린 유릭은 자신의 존재 이유조차 모른 채 초원을 떠돌았다. 들짐승의 먹이가 되었을 운명이었다.

사냥을 나섰던 바위도끼 부족의 어른들이 유릭을 주워왔다. 어째서 유릭이 초원에 홀로 떠돌아다녔는지는 아무도 모르며 관심도 없었다. 초원에 아이가 떠도는 일은 흔했다.

유릭은 운이 좋았다. 그해에는 우기인지라 먹을 게 많았다. 입 하나 정도 늘었다고 타박 줄 사람은 없었다.

'곧 한 사람의 몫을 할 거야.'

유릭을 주워온 이유였다. 부족에게는 성인 남성 하나하나가 귀하다. 부족의 남자는 사냥꾼이며 전사다. 어느 정도 성장한 사내아이를 거두는 건 장기적으로 부족에게 이득이었다.

"유릭은 힘이 세군."

"벌써 도끼와 활을 자유자재로 다뤄."

"대단한 전사가 될 거야."

유릭은 금방 두각을 드러냈다. 또래 아이들 중에서도 최고였다.

유릭은 부족의 형제들과 함께 싸우고 사냥을 했다. 즐거운 시기였다. 아직도 그 기억을 떠올리면 풀 내음이 코끝에 닿는 듯했다. 유릭은 가끔씩 고향이 그리웠다.

언젠가 돌아가리라. 문명세계에서 언제까지 머물 생각은 없었다. 그에겐 돌아갈 곳이 있었다.

'불타는 초원.'

좋지 않은 미래다. 황제를 만나고 나서 뚜렷해진 불안이었다.

'황제 얀키누스도 미지의 세계를 찾고 있어.'

만약 황제가 산맥 너머의 세계를 알게 된다면?

"어떻게 행동할지는 뻔하지."

유릭이 입으로 소리를 냈다. 그것만큼은 막아야 했다. 온몸이 떨려왔다. 그는 제국의 강대함을 잘 알고 있다.

저벅.

유릭은 천막을 나갔다. 바깥에는 병사들이 진영을 갖추고 있었다. 무장한 병사들이 함성을 지르며 다리 반대편을 위협했다.

"와아아아아아!"

병사들이 무기로 방패를 두드리며 소리를 냈다. 사기가 높은 제국군이었다.

다리 반대편에는 포를카나의 국경 관문이 있었다. 관문은 굳게 잠겨 있었다. 지휘부에서는 어떻게 할지 방침을 정하고 있었다.

유릭도 지휘 천막에 들어가 회의에 참석했다. 들어오는 유릭을 발견한 파헬이 그를 위한 자리를 만들었다.

"한심한 놈들! 어느 왕국이 자국의 왕자를 막아선단 말인가!"

필리온이 깊게 탄식했다.

"포를카나의 귀족들은 하르마티 공작과 바르카 왕자 사이에서 고민하고 있나 보군요."

회의에 참석한 강철 기사가 말했다.

"훗훗, 줄을 잘못 서면 자신의 목숨만이 아니라 가문의 존망마저 위태로워지지. 어지간히도 명망을 얻지 못했나 보군, 바르카 왕자. 제국의 지지를 얻고 돌아왔는데도 귀족들이 두 사람 사이에서 고민하고 있어."

페르젠이 말했다. 파헬은 뭐라 변명하지도 못했다. 페르젠의 말은 사실이었다. 과거의 파헬이 귀족들에게 신경 쓰며 인망을 얻었으면 일이 훨씬 수월했을 것이다.

"저쪽에서 사절이 나오고 있습니다."

병사 하나가 천막에 들어오며 말했다. 파헬이 손가락 깍지를 끼며 고개를 끄덕였다.

"들여보내라. 나 바르카 아누 포를카나가 직접 맞이하겠다."

파헬이 가장 상석에 앉으며 말했다.

"포를카나의 아들, 바르카 왕자님을 뵙습니다."

지휘 천막에 들어온 사절이 예의 바르게 말했다. 귀족인 듯했다. 그 뒤에는 병사 두 명이 더 있었다.

"어째서 에블린 관문이 나를 막아서는 것인가? 국경의 관문 수비대는 외적으로부터 포를카나를 지키기 위해 존재하는 것이네."

파헬이 책망하듯 말했다. 사절이 고개를 낮게 숙이며 잠시 침묵했다.

"'포를카나의 일에 외세를 끌어오는 건 좋은 판단이 아닙니다'라고 에블린 관문대장이 말했습니다."

그 말을 들은 파헬이 혀를 찼다.

"그건 일개 관문대장이 판단할 일이 아니지. 나는 포를카나의 유일무이한 적통 후계자다. 내 정당한 왕위를 받으러 갈 뿐이지. 이들은 단순한 호위네."

"국내 정세가 혼란스러운 건 아실 겁니다. 다름 아닌 바르카 왕자님의 돌발행동 때문이죠. 이들의 말미만 주시면 입장을 정리해……."

사절이 말을 하다 말았다. 지켜보던 페르젠이 앞으로 나왔다.

"흡."

페르젠이 숨을 가볍게 들이마시며 사절을 바라봤다.

뎅겅.

누가 미처 말릴 틈도 없었다. 페르젠이 칼을 뽑아서 사절의 목을 베었다. 깔끔한 솜씨였다.

피슈슛!

잘린 목에서 피가 쏟아졌다. 사절의 몸이 기울어지며 쓰러졌다.

"사, 사절을!"

사절과 함께 온 병사들이 당황했다.

"거래는 동등한 위치에 있는 자들끼리 하는 거지. 저런 관문 따윌 뚫는 데 반나절도 걸리지 않아. 수비의 포를카나? 오십 년 전에는 그랬지! 지금 저 관문의 병사 중에 수성전을 한 번이라도 경험해 본 사람이 몇이나 될까? 오홋홋."

페르젠이 웃음을 흘리며 칼날을 닦았다.

"저자가 사절을 죽였습니다! 바르카 왕자!"

병사들이 따져 들었다. 파헬은 고개를 절레절레 흔들었다. 이 자리에서 전쟁을 가장 잘 아는 사람은 페르젠이었다. 황제조차 어쩌지 못하는 전설적 인물이다. 파헬은 침묵하며 페르젠의 행동을 지켜봤다.

페르젠이 잘린 머리통을 병사들 앞까지 걷어찼다.

"이 목을 가져가서 잘난 관문대장에게 전하게, 검귀 페르젠이 왔다고."

페르젠의 이름을 들은 병사들이 기겁했다. 진짜 귀신이라도 본 듯한 표정이었다. 그들은 허겁지겁 뒷걸음치며 뒤로 물러났다.

페르젠의 방식은 효과적이었다. 한 시진도 지나지 않아서 관문이 열렸다. 관문대장이 무릎을 꿇고 파헬에게 복종했다.

"지금부터 에블린 관문은 왕국의 적법한 후계자 바르카 아누 포를카나 왕자를 따르겠습니다."

관문대장이 자신의 칼을 파헬에게 바쳤다. 파헬은 그 칼을 바라봤다.

'내 정통성에 무릎을 꿇은 게 아니야. 검귀 페르젠에게 항복

한 거지.'

검귀 페르젠은 목숨 하나로 관문을 함락시켰다. 무혈입성이나 다름없었다.

유릭은 그 모든 광경을 똑똑히 바라봤다. 가슴이 쿵쿵 뛰었다. 페르젠은 위험한 인물이었다. 하지만 대단했다. 심장이 뜨겁게 달아올랐다.

'검귀 페르젠…….'

더 이상 사람 좋은 노인네는 없었다. 유릭은 망설임 없이 사절의 목을 치는 페르젠을 똑똑히 봤다.

검귀 페르젠은 이미 다른 사람들의 머리 꼭대기에 있었다. 적들이 어떤 반응을 보일지도 뻔히 알았다. 그는 자신이 가진 명성과 공포만으로 적을 제압했다.

'저게 평생을 전장에서 보낸 노괴라는 거지?'

유릭이 헛웃음을 흘렸다.

파헬의 군대가 포를카나 국경을 넘었다. 그 소식은 포를카나 전역에 퍼졌다. 귀족들은 누구의 편을 들 것인가를 고민했다. 드디어 왕위를 건 내전이 시작된다.

Chapter 3

에블린 관문을 통과한 파헬의 군대는 다음 점령지를 정하고 있었다. 그사이에 에블린 관문을 지키는 병사 오백 중에 백 명을 차출했다.

"포를카나 왕국에는 네 명의 공작이 있습니다. 그중에 한 명이 하르마티 공작이죠. 공작마다 차이가 있지만 약 2,000명 정도의 군대를 소집할 수 있습니다. 이미 소집령을 내리고 있겠죠."

필리온이 지도를 펼치며 포를카나 왕국의 정세에 대해 설명했다.

"소집이 끝나기 전에 빠르게 치는 게 낫습니다, 바르카 왕자."

페르젠이 날카롭게 말했다.

공작령 규모라면 소집이 하루아침에 끝나지 않는다. 백작과 남작 같은 하위 귀족의 병력까지 끌어모으는 터라 빨라도 사나흘이 걸린다. 상비군이 아닌 징집병은 일주일이 넘어서야 도착할 터다.

"가장 가까운 공작령은?"

파헬이 필리온에게 물었다.

"거리상으로는 룽겔 공작령이지만 그쪽은 산을 타고 넘어야 하기에 바스컬링 공작령을 점령하는 게 더 빠를 겁니다."

대화를 듣던 페르젠이 이맛살을 찌푸렸다.

"모든 공작령을 힘으로 꺾어야 하나? 이쪽도 전투 피로가 상당히 클 거네. 힘만으로 왕국을 점령할 만큼의 군대는 아닌 거지. 황제폐하의 뜻은 바르카 왕자도 잘 알지 않습니까?"

페르젠이 파헬에게 말을 넘겼다.

"알고 있습니다, 페르젠 장군. 군대만이 아니라 제 정치력이 있어야 한다는 거죠."

파헬이 쓴웃음을 지었다. 황제가 제공한 군대는 왕국 점령에 필요한 최소한의 병력이었다. 왕국 전체와 싸워서 이길 정도는 아니다. 황제의 군대 덕분에 파헬은 겨우 장기판에 올라선 셈이다.

"네 명의 공작, 그리고 왕성."

페르젠이 지도를 보며 턱을 매만졌다. 그가 결정했다는 듯이 고개를 들었다.

"제가 보기에 전투 없이 두 명의 공작만 포섭하면 이 내전을 쉽게 가져갈 겁니다. 그런데 포르카나 직할령의 귀족들은 누구에게 충성하는 겁니까? 대귀족인 공작들은 그렇다 쳐도, 왕의 직할령이 왕자를 배반할 거라 보긴 힘들지 않습니까? 훗훗. 설마 직할령의 귀족조차 등을 돌린 겁니까? 그리고 왕성에 주둔하는 군대는 누구에게 충성하는 거요?"

페르젠이 질문을 쏟아냈다. 파헬이 당황하며 필리온을 바라봤다. 그 찰나를 페르젠이 놓치지 않았다.

'바르카 왕자는 총명하지만 국내 정치에 관해서는 하나도 모르는군. 숙부에게 모든 걸 빼긴 이유가 있었어.'

페르젠도 어째서 파헬이 정치적으로 무능한지 이해가 가지 않았다.

'충분히 왕재가 있는 소년인데 이상한 일이로군. 이 나라의 공작들은 전부 왕을 보는 안목이 없는 건가?'

페르젠은 오랫동안 많은 왕족을 봐왔다. 단지 왕족이라는 이유만으로 왕관을 쓴 자도 수두룩했다. 파헬은 충분히 좋은 왕이 될 재목이었다.

'무인의 기질은 없지만 침착하고 상황 판단 능력도 좋아. 오히려 정치가 기질이 있어.'

어째서 포르카나 왕국이 이렇게 기울어졌는지는 차차 알게 될 일이었다. 페르젠이 다시 회의에 집중했다.

"아직 잘 모르겠습니다……. 일단 사절을 뿌리겠습니다. 제 편이 되어줄 귀족이 어딘가에 있겠죠."

파헬이 머뭇거리며 말했다. 스스로 말하고도 무책임한 발언이었다. 그 어디에도 확신이 없었다.

'나는 다른 귀족들에 대해 잘 몰라. 알려고도 하지 않았어. 귀족들의 충성은 당연한 거라 생각했지.'

필리온이 고뇌하는 파헬을 쳐다봤다. 그가 파헬의 귀에 속삭였다.

"룽겔 공작은 왕자님의 편을 들어줄지도 모릅니다. 그분은 부왕과 절친한 사이였습니다."

"그 절친하다는 룽겔 공작이 가장 먼저 하르마티 공작을 지지했지."

파헬이 인상을 찌푸렸다. 포르카나 정세에 무지한 파헬도 룽겔과 하르마티가 가장 먼저 손을 잡았다는 건 알았다.

"룽겔 공작이 하르마티 공작을 지지한 것은 왕자님이 왕이 되지 못할 거라고 확신했기 때문이죠. 그분은 내전을 피하기 위해서 결단을 내리신 겁니다. 하지만 이제는 이야기가 다릅니다. 내전은 어차피 피할 수 없죠. 그렇다면 제국의 지지를 얻고 있는 왕자님의 편을 들어줄지도 모릅니다. 왕자님께서는 잘 모르시겠지만…… 룽겔 공작과 하르마티 공작의 사이는 좋은 편이 아닙니다. 백작령 하나를 두고 다퉜던 적이 있었죠. 하르마티 공작은 아마 그 백작령에 대한 권리를 룽겔에게 넘긴다는 조건 아래에 지지를 얻어낸 걸 겁니다. 제가 사절로 가겠습니다."

파헬은 귀족들에게 보낼 서신을 하나씩 꺼내 들었다. 그는 곰곰이 생각하다가 서신 하나를 구겼다.

"내가 룽겔 공작과 직접 대면하겠다. 필리온은 내 대리자로 바스컬링 공작령을 점령해. 룽겔 공작의 지지를 얻고 합류하지."

"왕자님! 그건 너무 위험합니다! 아무리 룽겔 공작이라도 지금은 하르마티 공작을 지지하는 세력입니다!"

필리온이 만류했다. 파헬이 고개를 저으며 손바닥을 뻗었다.

"하려면 확실히 하는 게 나아. 어차피 공작의 지지를 끌어내지 못하면 앞으로 내전에서 승산이 없어. 이것저것 생각하면서 여유를 남겨둘 상황이 아니야. 내가 룽겔 공작에게 가는 게 지지를 얻어내기에는 확실한 방법이지. 불만은 받지 않아. 나는 결정했다."

이야기를 듣던 페르젠이 고개를 끄덕였다.

"맞습니다, 바르카 왕자. 무력으로 바스컬링 공작령을 빠르게 접수하고 룽겔 공작의 지지도 얻어낸다면 하르마티 공작과 대등한 상황이 됩니다. 그렇다면 제국의 지지를 얻는 이쪽으로 중소 귀족들이 우르르 지지 선언을 하겠죠. 오홋홋."

페르젠이 옅게 웃었다.

'역시 정치력이 있는 왕자로군. 위험을 무릅쓸 줄도 알아. 룽겔 공작령에 갔다가 죽으면 모든 게 허사지만 말이야. 불리한 상황을 뒤집으려면 그 정도는 도박은 해야 하는 법이지.'

페르젠의 머릿속에서 장기판이 움직였다. 하르마티 공작과 바르카 왕자라는 왕의 말이 둘. 공작이라는 힘센 장기말 셋. 작은 장기말 여럿. 공작이라는 장기말 둘을 먼저 얻는 쪽이 승기를 잡는다.

"하지만……."

필리온이 말꼬리를 늘어뜨렸다. 파헬이 직접 사절로 나서는 건 위험한 일이었다.

"난 필리온 경의 말을 믿고 이렇게 판단한 거야. 나는 룽겔 공작에 대해 몰라. 하지만 필리온 경의 말이 맞다면 성공하겠지."

필리온은 더 이상 따지지 못했다. 주군의 결정이었다. 여기서 더 토를 다는 것도 주제넘은 짓이다. 다른 사람들이 보기에도 좋지 않았다.

'왕자님의 위엄을 내가 깎을 순 없어.'

필리온이 주변을 둘러봤다. 다들 파헬의 판단에 동의했다.

'뿌듯하면서도 걱정되는군.'

필리온이 가슴을 쓸어내렸다. 오늘 저녁은 소화가 되지 않을 것 같았다.

"호위는 용병단에서 유릭을 포함해 열 명 정도를 데려갈 거다. 호위를 어중간하게 많이 데려간다고 더 안전하진 않을 테니까. 오히려 수가 많으면 안 좋게 보일 수도 있어. 내 안전을 챙기기보다는 내 정성을 보여주는 게 더 중요해."

파헬이 유릭을 바라보며 말했다.

"내가 백 명 몫을 할 테니까 걱정 마."

유릭이 손아귀에서 단검을 장난스럽게 돌리며 놀다가 말했다. 그는 회의가 지루했다. 이런 회의에서는 유릭이 참견할 만한 부분이 없었다.

"페르젠 장군은 병력을 이끌고 내일 바로 바스컬링 공작령으로 향하세요. 지금은 시간이 중요합니다. 하루라도 헛되게 보낼 시간이 없습니다."

파헬이 지도를 접었다. 시간이 지나고 병력이 모인다면 전면전만 남는다. 그 전에 최대한 많은 지지를 얻어내 승기를 잡아야 했다.

유릭과 바크만을 포함한 십여 명의 용병이 파헬의 호위로

차출됐다. 나머지 용병들은 군대와 함께 행동했다.

따각, 따각.

호위 인원으로는 말을 탈 줄 아는 용병들로만 따로 뽑았다. 시간이 중요한 사안이기에 용병들까지 전원 말을 타고 이동했다. 행렬 중앙에는 파헬과 호위기사 두 명이 있었다.

유릭은 킬리오스를 타곤 산을 올랐다. 그는 저 멀리 움직이는 페르젠의 군대를 바라봤다.

'페르젠과 당분간 떨어져 있는 게 나아.'

유릭은 스벤에게 페르젠의 감시를 맡겼다. 스벤은 유릭이 없는 동안 페르젠의 동향을 살필 터였다.

"우리가 장래에 왕이 될 사람을 호위하고 있어. 제기랄, 드디어 믿기는군."

바크만이 흥분하며 말했다.

"호위하는 게 하루 이틀도 아니고, 이제 와서 뭘 그래?"

유릭이 대답했다. 바크만의 기분이 좋아 보였다.

"용병들도 다들 난리가 났었어. 뜬구름 잡던 일이 드디어 코앞이잖아. 드디어 저 도련님이 왕이 된다고!"

"그게 그렇게도 좋아?"

바크만이 좋아하는 걸 보니 유릭도 기분이 좋았다.

"당연하지, 이 자식아! 왕의 보상이 얼마나 대단할지 생각해 봐!"

바크만이 시시덕거렸다. 다른 용병들도 바크만의 말에 고개를 끄덕였다.

"아무렴, 출세했지."

"제국의 지지까지 얻었으니 일사천리라고."

용병들은 벌써부터 이긴 싸움이라 생각했다. 지휘부와 일개 용병들의 생각은 완전히 달랐다.

'제국이 뒤를 봐주는데 왕이 되지 못할 리가 없잖아.'

바크만조차 그렇게 생각했다. 그만큼 제국의 위상은 높았다.

현실적인 정치 상황을 보는 지휘부는 생각이 달랐다. 황제는 여기서 더 지원해 줄 생각이 없었다. 지금 가진 병력으로 파헬이 왕위 계승에 실패한다면 모든 게 끝이다. 용병들은 그런 내막까진 몰랐다.

'저렇게 긍정적으로 생각하는 게 사기진작에 좋지.'

굳이 부정적인 말을 할 필요는 없었다. 유릭은 용병들의 대화에 찬물을 끼얹지 않았다.

"내가 늘 말하는데, 널 따라온 게 내 인생 최고의 선택이었어. 우리 고향에서 나보다 출세한 놈은 없을걸?"

바크만이 벌써부터 승리한 것처럼 떠들었다.

"아이고, 그러셔? 출세를 축하해, 바크만."

유릭이 바크만의 등을 툭툭 치며 말했다.

"장난 아니야. 유릭. 난 지금 기분이 좋다고. 너처럼 강한 녀석은 우릴 이해하지 못할 거야. 너는 대단한 전사니까 어딜 가도 좋은 대우를 받겠지. 하지만 우리 같은 놈들은 아등바등해야 이런 기회를 한 번 잡을까 말까 해."

무용담을 수없이 세운 전사, 하멜의 마상창시합 우승자, 유릭의 형제들 용병단의 대장. 유릭은 다른 사람들보다 뛰어났다. 그는 원하는 게 있으면 쉽게 손에 거머쥐었다. 보통 사람이라면 평생을 걸쳐 쥐어볼까 하는 부와 명예를 가뿐하게 얻어냈다.

'유릭은 우리를 이해하지 못할 거야.'

바크만은 이질감을 느꼈다. 유릭은 용병들과 다른 걸 보고 있었다. 유릭의 행동에는 세속적인 욕망을 초월한 무언가가 있었다.

'하지만 네가 쉽게 얻는 그 무언가가 우리에겐 평생의 목표라고.'

가끔씩 바크만은 유릭을 질투했다.

'내가 유릭만큼 강했다면 어딘가의 돈 많은 귀족 밑에서 흥청망청 즐기고 있을 텐데.'

유릭은 그러지 않았다. 그는 단호한 전사였다. 유릭은 돈을 좋아했지만 필요 이상 탐내지 않았다. 여자를 안고 먹고 자고 할 정도의 돈만 있으면 만족했다.

"음."

유릭은 더 이상 말을 하지 못했다.

바크만의 생각대로였다. 유릭은 바크만을 이해하지 못했다. 바크만은 왕의 보상 따위를 평생의 업적으로 집착하며 인생을 소모했다. 하지만 유릭에게 그런 건 사소할 뿐이었다.

"유릭, 넌 대단한 사람이야. 전사로서가 아니라 다른 면에서도 존경할 만하지."

바크만이 쓰게 웃었다. 범인은 위인을 이해하지 못한다. 하지만 위인도 범인을 이해하지 못했다.

산을 넘는 데 하룻밤이 걸렸다. 다음 날이 되어서야 그들은 룽겔 공작령에 진입했다. 공작령을 지나가면서 농경지 여럿을 스쳐 지나갔다. 가죽옷을 입고 농기구를 짊어진 농부들이 줄을 지어 어디론가 걸어가고 있었다.

"지방 영주들이 징집령을 내린 거야. 곧 전쟁이 일어날 테니 병력을 모으는 중인 거지."

바크만이 멀리서 징집된 농부들을 보며 말했다.

"저건 전사가 아니야. 그냥 농부지."

유릭이 눈을 찌푸리며 말했다. 그의 눈으로는 농부들의 옷차림 하나하나까지 다 보였다. 징집병의 수준은 처참했다. 제대로 된 무장을 갖춘 자가 드물었다.

"저렇게라도 숫자라도 채우는 게 중요하니까. 높으신 분들 싸움에 등골이 터져 나가는 건 평민들이지. 그나마 농번기가 아니라서 다행이야. 농번기에 이런 내전이 터졌으면 내전이 끝나더라도 굶어 죽는 사람들이 속출할걸."

바크만은 늘 평민들의 입장에서 생각했다. 그도 찢어지게 가난한 어촌 출신이다.

"다 내 탓이지."

파헬도 징집 행렬을 보며 말했다. 내전은 출혈이 크다. 백성들은 고통을 받는다. 그들은 누가 왕이 되더라도 신경조차 쓰지 않는 이들이다.

'내가 왕이 되고자 했기에 이런 일이 생긴 거다.'

파헬은 괴로웠다. 그는 자신의 행동 때문에 벌어지는 일들을 이해했다. 시야가 넓어지고 성숙했다. 그는 책임과 의무를 알았다.

'나는 루의 사명을 짊어지고 있어.'

파헬이 홀로 중얼거렸다. 그것만이 죄책감을 덜어내는 길이었다.

"파헬, 넌 왕이 되고 싶은 거잖아. 그럼 신경 쓰지 마. 나는 이웃 부족을 약탈할 때 그 사람들이 다음 건기에 굶어 죽든 말든 신경도 쓰지 않는다고. 만약 저 농민들이 너처럼 왕족이면 백성들이 고통받는다고 왕좌를 포기할 것 같아? 너보다 더

하면 더했지, 덜하진 않을걸? 다들 자기 자신이 가장 우선인 거야. 남의 고통 따윈 생각하지 마. 일일이 신경 썼다간 아무것도 못한다고. 스스로만 부끄럽지 않으면 돼."

유릭이 파헬 옆에 오며 말했다.

"뭔가 위로가 되긴 하네. 고마워, 유릭."

파헬이 웃었다. 그는 어깨를 펼쳤다.

'하지만 난 저들의 고통을 기억할 거야.'

계속 이동하던 파헬이 다시 한번 징집 행렬을 돌아봤다.

전쟁 대비에 있어서 가장 좋은 방법은 상비군 유지다. 상비군은 전시과 평시를 가리지 않고 주둔하는 직업군인이다. 그들은 쟁기와 괭이 대신에 무기를 들고 다닌다. 경제적으로 생산력이 전혀 없는 집단인지라 어지간히 부유한 영주가 아닌 이상에야 치안 유지에 필요한 인원만 편제한다.

존재만으로도 돈이 새어 나가는 게 상비군이다. 그런 직업군인을 주력 병력으로 운용하는 국가는 오로지 제국뿐이다. 왕국과 지방 영주들의 주력 병력은 봉토를 나눠 받은 소수의 기사와 징집병이다.

상비군을 제외한 병력은 소집 자체도 오래 걸릴뿐더러 병력

운용 기간도 짧다. 특히 징집병들은 생계를 유지하는 직업이 따로 있다. 조금만 전쟁이 길어져도 사기가 급격하게 떨어지며 전쟁에서 이기고 돌아와도 처자식이 굶어 죽은 채로 발견되기도 한다.

따각, 따각.

룽겔 공작령도 상황은 마찬가지다. 기사와 징집병들이 성으로 몰려들었다.

하위 귀족과 기사들이 참전 의무를 수행했다. 그들은 제각기 다른 백작령에서 왔다. 부대 편제 자체도 출신 지역끼리 묶여 전략적으로는 무의미했다. 영주들은 자신의 병력을 남이 지휘하도록 놔두지 않았다. 기껏해야 분리가 필수인 궁수나 기사들 정도만 따로 편제해서 배치할 뿐이었다.

"궁수는 이쪽!"

"기사는 신분을 확인하겠소."

성문 바깥에서는 공작의 가신들이 몰려든 병력의 숫자를 기록하며 병종을 구분하고 있었다. 막대한 금력을 바탕으로 직업군인 체제를 유지하는 제국과는 전혀 다른 모습이었다. 제국 군대와 비교하자면 오합지졸이나 다름없다.

"어디서 왔소? 깃발 좀 올리고 다니시오. 일일이 묻는 것도 귀찮으니."

가신이 한 무리의 기병을 맞이하며 말했다.

"내 이름은……."

기병 무리에서 한 청년이 나오며 말했다. 아직 소년의 앳된 티가 남아 있는 청년이었다.

"바르카 아누 포를카나. 왕자의 자격으로 룽겔의 주인을 만나고자 한다."

가신이 눈을 크게 떴다. 순간 머릿속이 혼란스러웠다.

'이건 내가 판단할 일이 아니다.'

가신이 빠르게 심부름꾼을 불러서 말을 전했다. 심부름꾼이 성안으로 달려갔다.

"잠시만 기다려 주십쇼, 바르카 왕자님."

주변이 술렁였다. 이번 내전의 원인인 바르카 왕자가 이곳에 왔다. 귀족과 기사의 시선이 쏠렸다.

"정말 바르카 왕자인가?"

"옛날 본 적이 있어. 저 푸른 눈만큼은 똑똑히 기억하고 있지."

"지금 여기서 바르카 왕자를 죽이면 내전이 끝나는 거잖아."

"그걸 결정할 사람은 룽겔 공작이지 우리가 아니야."

"무모하군. 적진이나 마찬가지인 룽겔 공작령에 들어오다니. 고작 호위 십여 명만 데리고."

기사들이 눈을 빛냈다.

'저 목을 베서 하르마티 공작에게 가져가면…….'

엄청난 보상이 있을 터다. 내전을 끝낸 영웅이 된다.

'먼저 저지르면 룽겔 공작도 아무런 말을 못 하겠지. 어차피 룽겔도 하르마티 진영이잖아?'

포상에 눈이 먼 기사가 슬금슬금 움직였다. 다른 사람들도 서서히 파헬 일행 가까이 접근했다. 여차하면 기습할 생각이었다.

성문 앞이 서늘해졌다. 말소리가 잦아들었다. 무기를 든 자들이 서로의 눈치만 살폈다.

"유릭, 본보기를 보여줘."

파헬이 고개를 숙이며 낮게 말했다. 유릭은 고개를 끄덕였다.

"어디 한번 칼을 뽑아봐. 그 자리에서 목이 날아갈 테니까."

유릭이 접근하는 기사를 보며 말했다.

"뭐? 난 단지 바르카 왕자님께 인사를 하려는 것뿐이다. 비켜라."

기사가 태연하게 말했다. 유릭이 깍지를 낀 손을 길게 뻗으며 몸을 풀었다.

"거기서 한 발자국만 더 다가오면 칼 안 뽑아도 뒈져. 바르카 아누 포를카나의 이름으로 말한다."

유릭이 경고했다. 기사가 피식 웃으면서 눈을 매섭게 떴다.

"야만인 친구가 허세가 지나치군. 바르카 왕자님, 저는……."

기사가 유릭을 무시하며 파헬 쪽으로 발을 내디뎠다.

콰당탕.

유릭이 기사를 잡아서 땅바닥으로 내던졌다. 사슬갑옷을 입은 기사인데도 무게감 없이 나뒹굴었다.

"끄, 꺼억!"

유릭이 쓰러진 기사의 머리를 밟았다.

끼릭, 끼릭.

기사의 귓가에서 기이한 소리가 들렸다. 자신의 두개골이 쩍쩍 갈라지는 소리였다. 끔찍한 소리가 최고조로 올라가는 순간, 퍽! 하는 소리가 났다. 기사는 자신의 뇌를 침범하는 흙발을 느꼈다. 비유가 아닌 말 그대로.

"죽는다고 했잖아. 왜 내 말을 안 듣는 거야?"

유릭이 중얼거리며 다리에 묻은 피와 뇌수를 손으로 털며 닦아냈다.

"밟아서 머리를 터트려?"

"저건 뭐 하는 놈이야?"

압도적인 본보기였다. 유릭의 잔혹성과 괴력에 사람들이 웅성거렸다. 비위가 약한 사람들은 그 자리에서 토했다.

'내가 시키긴 했지만 언제나 생각 이상으로 일을 잘해내는군, 유릭.'

파헬은 구토기를 참으며 표정을 유지했다.

‘지금 나는 왕좌를 노리는 냉혹한 왕자다. 나약한 면을 보여선 안 돼.’

파헬이 눈을 감으며 감정을 갈무리했다. 다시 눈을 떴을 때는 서릿빛이 눈가에 맴돌았다.

“저게 소문의 바르카 왕자인가. 소문과 완전히 다르잖아.”

“원래 저런 성격이었나? 사람이 바뀌었군. 잔혹해.”

다가오던 이들이 뒷걸음질 쳤다. 선불리 파헬에게 접근하지 않았다. 그들은 룽겔 공작의 결정이 내려올 때까지 기다렸다.

‘여기서 내 목숨을 건다.’

파헬이 말고삐를 세게 붙잡았다. 초조함을 감췄다. 협상의 기본은 약점을 드러내지 않는 것, 자신을 강하게 부풀리는 것.

“걱정 마, 파헬. 내가 있는 한 너를 죽게 놔두지 않아.”

파헬의 초조함을 읽어낸 유릭이 웃음기를 흘리며 말했다. 방금 사람 하나를 터트려 죽인 자의 미소. 하지만 파헬에게는 그보다 든든한 미소가 없었다.

Chapter 4

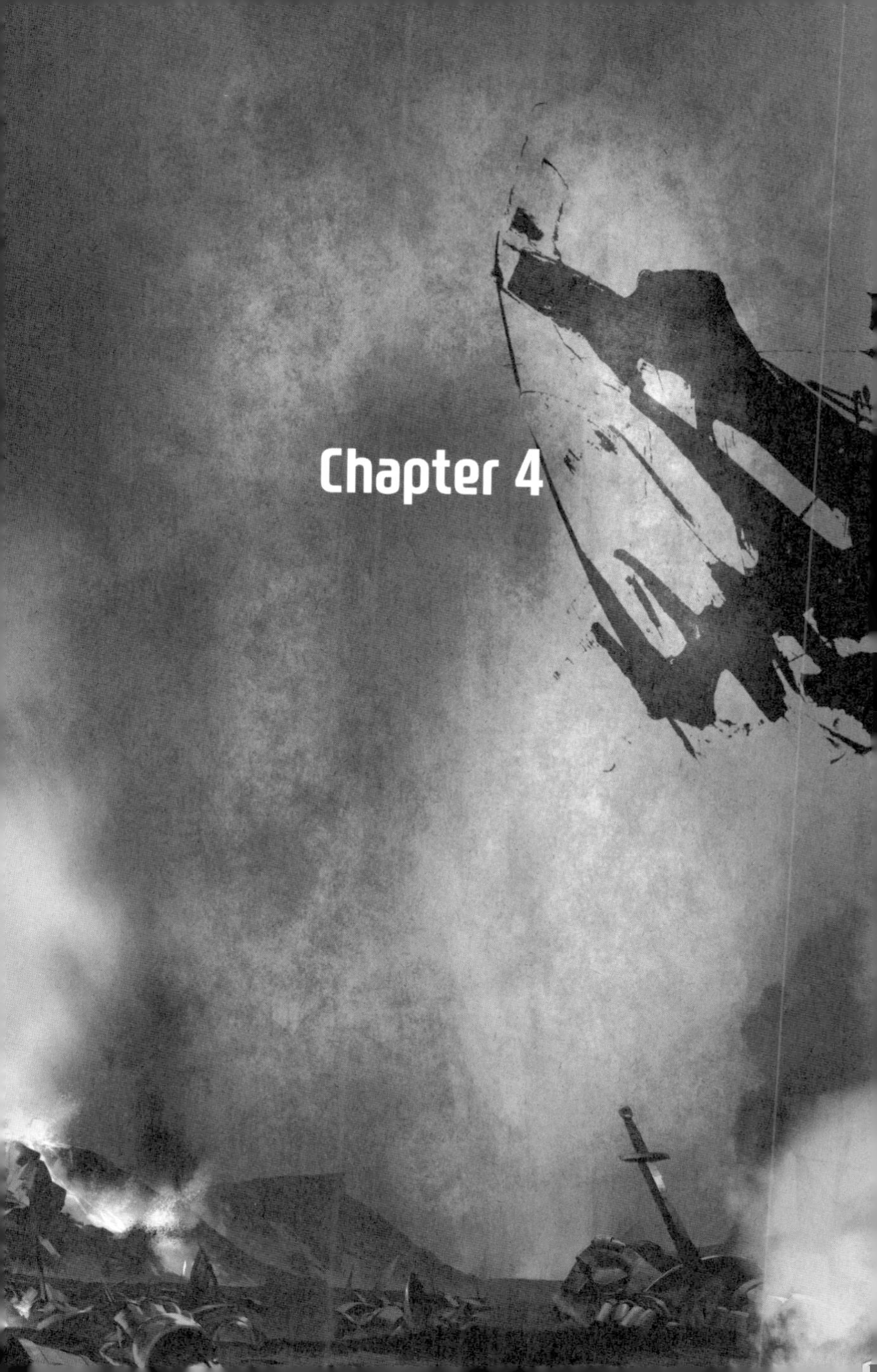

'내전을 피할 수 없게 됐군.'

룽겔 공작은 벽에 걸린 가문의 보검과 방패를 내렸다.

"그 왕자가 제국의 지지를 얻어올 줄이야."

룽겔 공작이 마지막으로 바르카 왕자를 봤을 때는 왕의 재목이 아니었다. 누가 봐도 바르카 왕자는 왕이 되면 안 될 사람이었다.

'하르마티 공작이라면 통치를 잘하겠지. 마음에 드는 사람은 아니지만 적어도 바르카 왕자보단 나아.'

바르카 왕자가 제국의 군대를 끌고 왔다. 제국이 개입했다는 말에 지레 겁먹은 귀족도 많았다.

'이건 조약을 위반한 내정간섭이다. 아무리 왕자의 요청이지만……'

따지는 것은 훗날의 일이다. 당장은 눈앞에 제국군을 막아내는 게 먼저였다.

"전쟁은 되도록 피하고 싶었거늘."

룽겔 공작이 창문으로 걸어갔다. 성문 앞에 모이는 군대를 바라봤다. 아직 절반 정도밖에 모이지 않았다. 오랫동안 전쟁이 없었던지라 쉽사리 병력이 모이진 않았다. 기사들조차 나태했다.

'전쟁, 특히 내전은 제 살을 깎아 먹는 일이지.'

전쟁에는 인력과 물자가 한없이 들어간다. 얻는 것도 없는 내전이다. 룽겔 공작은 공작령의 힘을 아끼고 싶었다. 한번 전쟁으로 소모된 힘은 쉽게 돌아오지 않는다. 강대한 영주조차 전쟁 한 번에 빚을 짊어지고 몰락하는 경우가 흔했다.

'전쟁은 언제나 최후의 수단.'

룽겔 공작은 누구의 편도 아니었다. 그는 보수적인 평화를 원했다.

'하지만 싸워야 한다면 어쩔 수 없지.'

룽겔 공작은 집무실로 달려오는 발소리를 들었다. 어린 심부름꾼이 숨을 헥헥거리며 룽겔 공작에게 보고했다. 룽겔 공작은 밑에서 올려 보낸 전언을 들었다.

"바르카 왕자가?"

의외의 상황이었다. 룽겔 공작은 바르카 왕자가 찾아왔다는 보고를 들었다. 그는 서둘러 외투를 챙겨 입었다.

'도대체 무슨 생각인 거지? 아무리 바보 왕자라도 내가 하르마티의 편을 들고 있다는 걸 모르지 않을 텐데? 스스로 목을 바치러 온 건 아닐 터.'

룽겔 공작은 내려가는 동안 온갖 생각을 했다. 많은 추측이 오갔다.

'날 자신의 편으로 끌어들이러 온 건가? 그래서 위험을 무릅썼다고?'

결론은 금방 나왔다. 이유라곤 그것밖에 없었다.

"왕자가 그럴 사람이었나?"

다른 의문이 머릿속을 맴돌았다.

'왕자는 그럴 만한 인재가 아니야. 겁쟁이에다가 왕족이라는 오만함만 가득 찬 멍청이지. 자기 앞가림도 못 하는 주제에 왕족이라고 거들먹거리는 모습을 본 순간…… 나는 왕자를 포기했다. 힘 있는 영주들을 정당하게 대우하지 않고 우습게 여겼지.'

그게 아니었더라도 왕자를 지지하지 않을 이유는 많았다. 권세를 갖춘 하르마티 공작이 있었으며 왕자가 죽는다면 하르마티 공작의 계승에 정당성이 생긴다. 굳이 왕위 계승 내전을 겪으면서까지 왕자를 지지할 이유가 없었다.

"룽겔 공작, 오랜만입니다."

룽겔 공작이 눈을 크게 떴다. 말을 탄 파헬이 보였다.

"바르카 왕자님을 뵙습니다."

룽겔 공작이 일단 예를 취했다. 그의 태도에 주변 귀족과 기사들이 날카로운 기세를 숨겼다.

'룽겔 공작은 일단 바르카 왕자와 이야기를 할 셈이다.'

룽겔 공작은 파헬 일행을 살폈다.

'정식 기사로 보이는 사람은 두 명뿐이로군. 나머진 그 소문의 용병단인가? 유릭의 형제들…….'

귀가 있는 사람이라면 그 이름을 들었다. 왕자의 호위를 맡은 용병단. 사고사였다는 오르켈 변경백도 실은 용병단에게 죽었다는 소문이 있다.

'그 뒤로 오르켈 관문의 병력은 에블린 관문에 흡수됐어. 그 아들이 관문수비의 의무를 거부하고 재산의 일부만 받았지.'

그 에블린 관문이 하루아침에 점령당했다. 제대로 싸우지도 않고 항복했다는 소문이 있었다.

'정말로 검귀 페르젠이 왕자의 군대에 합류한 건가?'

제국의 군대와 검귀 페르젠. 왕자가 제국에서 거둔 대단한 수완이었다. 왕자를 추적했던 하르마티 공작조차 정말로 왕자가 해낼 거라곤 생각하지 않았을 터다.

"일단 들어오시지요. 바깥바람이 찹니다."

룽겔 공작이 열린 성문을 가리키며 말했다. 말을 하던 그는 바닥 한편에 누워 있는 기사 한 명을 바라봤다.

'방금 죽은 거로군. 대충 상황은 예상이 된다.'

룽겔 공작은 굳이 기사가 죽은 이유를 파헬에게 채근하지 않았다. 기사 하나의 목숨은 아무것도 아니다. 어쩌면 수많은 사람의 죽음으로 끝날 내전이 오늘 끝날지도 모른다.

'내 손에 이번 전쟁의 행방을 맡긴 건가, 바르카 왕자.'

룽겔 공작은 헛웃음을 흘렸다. 자신에게 들어온 강력한 힘을 느꼈다.

끼릭, 철컥.

룽겔 공작은 호위병을 불렀다. 위협적인 태도의 호위병들이 집무실 주변을 에워쌌다.

파헬과 룽겔 공작이 마주 앉았다.

"왕자님, 외세를 끌어와서 왕좌를 차지한다는 건 좋은 생각이 아닙니다."

룽겔 공작이 그렇게 운을 뗐다. 파헬이 고개를 저었다.

"외세가 아니면 손을 벌릴 곳이 없었던 제 사정을 이해해 주세요. 그 외세가 아니었다면 제가 이렇게 공작과 동등하게 앉지도 못했을 겁니다."

"제국 군대의 위세가 당당하나 오히려 반발하는 귀족도 많습니다. 외세의 힘을 빌려 왕이 되다니? 정통성을 의심할 만도 하지요."

"제가 정통성이 없다면 누구에게 왕위 계승의 정통성이 있단 말입니까? 하르마티 공작의 정당성? 헛소리!"

"……적어도 하르마티 공작은 국내에서 힘을 갖춘 영주입니다."

"터무니없는 소리를 하는군요. 저는 단지 대관식을 하러 왔을 뿐입니다. 군세를 모아 내전을 준비하는 건 바로 포를카나의 귀족들이죠. 이대로 아무도 저를 막지 않으면 내전도 없습니다."

"틀린 말은 아니지만 이미 다들 알고 있지요. 왕자께서 싸우기 위해 왔다는 걸."

룽겔 공작이 바깥을 흘깃 바라봤다. 제각기 다른 곳에서 온 병력이 자신들의 깃발을 세우고 야영지를 꾸렸다. 룽겔 공작령의 군대가 형태를 갖췄다.

파헬이 위협적으로 인상을 찌푸렸다.

"이미 검귀 페르젠이 이끄는 군대가 바스컬링 공작령을 점령하고 있을 겁니다. 아직 병력 소집조차 끝나지 않은 공작령이니 페르젠 장군의 군대를 막진 못하겠죠. 저는 큰 손실 없이 바스컬링 공작령을 얻어낼 겁니다."

"하지만 여기서 죽는다면 아무런 의미도 없죠. 바르카 왕자, 제국의 지지를 얻어도 정작 왕이 되어야 할 본인이 죽으면 끝입니다. 여기서 왕자님을 죽인다면 제국의 군대도 물러가겠죠."

주변을 둘러싼 호위병들이 무기를 세게 쥐었다. 룽겔 공작이 명을 내린다면 호위병들이 파헬을 공격할 터다.

“위협은 그만두는 게 좋습니다, 룽겔 공작. 제 등 뒤에 있는 인물은 보통 사람이 아닙니다. 지금 집무실을 둘러싼 호위병 숫자가 몇이죠? 스물? 서른?”

“그게 몇 명이든 왕자님 일행을 제거하기엔 충분한 인원이죠.”

“유릭, 들었어? 어떻게 생각해?”

파헬이 턱을 괴며 말했다.

“널 죽이려면 못해도 백 명은 끌고 와야지. 내가 있으니까 말이야.”

유릭이 자신만만하게 말했다. 호위병들이 발끈하며 발을 굴렀다. 갑옷 소리가 났다.

“언제부터 야만인과 친하게 지낸 겁니까?”

“그냥 야만인이라고 칭하기엔 무용담이 화려한 사내죠. 저자가 유릭의 형제들 용병단의 대장 ‘유릭’입니다. 하멜 마상창 시합의 우승자이며 갑옷 파괴자로도 명성을 떨쳤죠. 포르카나에서도 조만간 그 명성이 사람들의 입을 타고 퍼질 겁니다. 이미 몇몇은 알지도 모르죠.”

“아무리 뛰어난 전사라도 혼자서 군대를 대신하진 못합니다.”

룽겔 공작이 비웃음을 흘렸다. 파헬도 똑같은 웃음으로 대응했다.

"그럼 시험해 보시든가요, 공작."

룽겔 공작의 얼굴이 딱딱하게 굳었다.

'저게 정말로 내가 아는 바르카 왕자인가?'

파헬은 목구멍이 바싹바싹 마르는 듯했다. 한 마디, 한 마디 말을 할 때마다 목소리가 떨리지 않을까 두려웠다.

'두려워하고 있다는 걸 룽겔 공작에게 들키면 안 돼.'

파헬은 과거의 자신에 대한 평가를 안다. 아무것도 모르는 철부지 왕자, 그건 지금도 마찬가지였다. 단지 한 발자국 용기를 더 냈을 뿐이었다. 여전히 파헬은 아무것도 몰랐다. 지금 그는 배워가고 있었다.

'지금 내게 필요한 건 배짱.'

파헬이 허벅지를 세게 꼬집었다. 정신이 번쩍 들었다.

'유릭은 내 허풍에도 목숨을 걸고 내 뒤를 받쳐 주고 있어.'

유릭은 옆에서 팔짱을 끼고 서 있었다. 얼굴에는 사나운 웃음이 걸려 있었다. 먹이를 발견한 짐승 같았다. 모조리 죽인다라고 온몸으로 말하듯.

맹수와 같은 유릭의 기세가 방 안을 가득 채웠다. 유릭의 존재가 파헬의 등을 떠밀고 룽겔 공작을 압박했다.

파헬은 낮게 눈을 떴다. 초점 흐린 눈동자는 과거를 본다.

포를카나 왕국으로 돌아오기까지 반년이 걸렸다. 처음으로 겪은 가혹한 여정이었다.

'그 바다에서 모든 게 시작됐어.'

바다를 보며 포효하던 유릭의 모습이 아직도 뇌리에 선명했다. 바다를 구경하던 파헬은 그 모습을 비웃었었다.

그간 겪었던 일이 머릿속에서 흘러갔다. 마음이 차분해졌다. 파헬은 고개를 들어 룽겔 공작과 대면했다.

"제 숙부, 하르마티 공작이 왕이 된다면 정말로 분쟁 지역의 백작령을 룽겔 공작께 넘길 것 같습니까?"

"약조는 했습니다. 이미 서류 작업도 끝났지요. 칼마티 백작령은 제 땅이 될 겁니다."

룽겔 공작이 눈을 가늘게 뜨며 파헬을 쳐다봤다.

"저는 왕자입니다. 정통성 있는 적통 후계자죠. 반면 하르마티 공작은 제 아버지의 형제이며, 제 숙부이기도 합니다. 원래 왕위를 이을 수 없기에 조부로부터 공작령을 부여받았죠. 교활한 하르마티 공작은 주변 영지를 흡수해 다른 공작령과 버금가는 위세를 가졌습니다."

"그렇습니다, 왕자님. 하르마티 공작이 정치적으로 유능하고 강하다는 증거죠. 하르마티 공작은 강한 왕이 될 겁니다."

그렇게 말한 룽겔 공작의 표정이 미묘했다. 봉건제 왕국에서 왕권이 강하다는 건 신하에게 좋은 의미가 아니었다.

주군의 힘과 봉신의 힘은 반비례한다. 그 예가 바로 제국이다. 황제가 군사권을 독점하다시피 했고 황권이 비약적으로 강해지자 나머지 봉신들은 처참한 대우를 받았다. 황제가 작위를 뺏고자 하면 봉신들은 반항조차 못 했다.

"웃기는 일이지만 제가 숙부보다 나은 점은 '나약한 왕'이라는 점입니다. 하르마티 공작이 왕이 된다면 하르마티 공작령과 왕의 직할령이 합쳐진 강력한 왕정이 탄생할 겁니다. 왕 혼자서도 다른 공작 셋과 비등한 권력을 가지겠죠. 그런 포를카나 국왕을 견제하실 수 있겠습니까, 룽겔 공작? 왕이 된 하르마티 공작이 칼마티 백작령을 가져가겠다고 한다면 싸워서 이길 자신이 있으시겠습니까?"

파헬은 많은 생각을 했다. 백번 천번을 생각해도 파헬은 숙부보다 나약했다. 정치적 능력도 명망도 부족했다. 이제 와서 정통성의 명분을 주장해 본들 늦었다. 귀족들은 명분이 아닌 실질적 이득을 원했다.

'내가 내세울 건 나의 부족함뿐이다.'

봉신들은 강한 왕을 원하지 않는다.

"인정하기 싫은 자신의 장점을 잘 알고 계시는군요, 왕자님. 비꼬는 게 아니라, 정말로 대단하십니다."

룽겔 공작이 턱을 매만지며 말했다. 그도 느릿하게 말하며 깊은 생각에 빠졌다.

'왕자의 말이 맞아. 하르마티 공작은 강력한 왕이 될 거다. 까다로운 상대가 되겠지. 똑같은 조건이라면 왕자가 왕이 되는 게 나에겐 나은 일이다.'

생각해 볼 여지가 많았다. 내전의 균형은 어느 쪽으로도 기울어지지 않았다. 아직은 저울의 추가 미묘하게 오갔다.

"쉴 곳을 마련하겠습니다. 해가 진 후, 저녁 식사를 같이 하지요. 그때까지 생각해 보겠습니다."

룽겔 공작이 그렇게 말하며 자리를 뜨려고 했다. 파헬도 나지막한 숨을 내쉬며 고개를 끄덕였다.

"알겠습니다, 공작."

파헬이 일어서려고 했다.

쾅!

그 순간, 유릭이 발을 가볍게 구르며 주변의 시선을 모았다.

"이대로 끝내선 안 되지. 이 자리에서 우리의 안전을 보장해라, 공작. 아니면 생각이 끝날 때까지 여기서 움직이지 마."

유릭이 칼자루에 손을 가져갔다. 주변 호위병들도 뭐라 소리를 지르며 무기를 들었다.

"유릭!"

파헬이 소리를 질렀다. 유릭이 담담하게 말했다.

"여기서는 공작을 인질로 잡는다면 어떻게든 빠져나갈 구멍이 있어. 하지만 떨어져 있는 동안 공작의 생각이 바뀌어서 우리를 죽이려고 한다면? 그때는 아무리 나라도 방법이 없어."

유릭을 따라온 용병들도 말없이 무기를 뽑았다. 당장이라도 칼부림이 일어날 분위기였다.

끼이익.

집무실 사방에서 통로가 열리더니 숨어 있던 호위병들이 모습을 드러냈다. 얼추 삼십 명은 넘었다. 가득 찬 집무실이 사람들의 열기로 달아올랐다.

'대단한 자신감이군. 허세인가? 정말로 열 명 남짓한 숫자로 이길 자신이 있는 것인가?'

룽겔 공작이 유릭을 노려봤다. 유릭은 노련하게 지적했다. 틀린 말이 아니었다.

'목숨을 건 거래를 여러 번 경험해 본 놈이다. 능숙해.'

룽겔 공작은 잠시 손을 들어 호위병들을 제지했다.

유릭의 근육에서 땀이 흘렀다. 움직이지 않는데도 근육이 싸울 준비를 먼저 했다. 굳은 속살들까지 꿈틀거리며 유연하게 움직였다.

'여긴 적진 한가운데다. 어설프게 행동하면 죽어.'

유릭은 고향에서 몇 번인가 이런 경험이 있었다. 부족 간의 거래가 불발되면 전쟁으로 이어지곤 했다. 거래로 필요한 것을 얻지 못하면 물러나는 게 아니라, 피로 얻어내기 때문이다.

"네 이름과 루의 이름에 걸고 맹세해라, 공작령 내에서는 우리의 안전을 보장하겠다고. 이 자리의 모두가 증인이 되겠군."

유릭이 룽겔 공작을 가리키며 말했다.

태양의 맹세가 항상 안전하진 않다. 궁지에 몰린 문명인들은 태양의 맹세도 깨뜨린다. 하지만 여유가 있다면 태양의 맹세를 어기지 않는다. 사후의 안식과 바꿀 만한 가치가 있는 거짓말은 드물다.

적막이 일었다. 룽겔 공작의 입술이 천천히 움직였다.

"태양신 루의 앞에서 맹세한다. 내 영역에서는 왕자와 그대들의 안전을 보장하겠다. 내 가신과 봉신들에게도 말해두지. 이제 만족하나?"

"좋아, 저녁에 다시 보자고."

유릭이 고개를 끄덕이며 웃었다. 호위병들도 다시 뒤로 물러났다.

파헬도 자리에서 일어섰다. 다리가 휘청거릴 뻔했다. 고개를 숙이며 아랫입술을 깨물어 떨림을 감췄다.

파헬은 이제야 고비 하나를 겨우 넘겼다. 빨리 별실로 가서 저녁을 대비해 생각을 정리하고 싶었다.

"……다!"

"왕자에 이어서……!"

창문 바깥에서 소란이 일었다. 한 무리의 기사가 성문을 가로지르고 있었다.

쾅!

황급히 집무실의 문을 열고 가신이 들어왔다. 가신의 얼굴이 새파랗다.

"무슨 일이냐!"

룽겔 공작이 가신을 보며 소리를 질렀다. 가신이 눈치를 살피다가 룽겔 공작의 옆까지 다가가 속삭였다. 룽겔 공작의 눈동자가 커졌다.

"……기가 막히는군. 바르카 왕자, 혹시 서로 짜고 온 겁니까?"

룽겔 공작이 파헬을 쳐다봤다. 숨을 돌리던 파헬은 바짝 긴장해서 숨이 다시 막히는 듯했다.

"그게 무슨 말입니까? 룽겔 공작."

"하르마티 공작이 방금 도착했습니다. 본인이 직접 여기에 왔군요."

머리가 핑글핑글 돌았다. 파헬이 휘청이자 유릭이 그를 부축하며 팔을 잡았다.

"하르마티 공작……. 숙부가 말입니까?"

파헬은 더 이상 떨림을 숨기지 못했다. 분노와 공포가 동시에 묻어 나왔다.

'숙부.'

속이 끓어올랐다. 목구멍에서 욕지거리와 구역질이 동시에 튀어나온다. 파헬은 입을 막으며 모든 역겨움을 가슴 아래로 꾹꾹 눌렀다.

하르마티 공작은 옷자락을 펄럭이며 성 앞마당을 가로질렀다. 걸음걸이는 위풍당당했다. 그도 포를카나 왕가의 혈통이다. 파헬은 푸른 눈동자만 이어받았지만 하르마티 공작은 금발 특성이 뚜렷했다. 잘 기른 금발과 수염이 멋들어지게 이어졌고 청록색 눈동자는 차분했다. 포를카나 왕가 혈통은 대개 외모가 뛰어났고 하르마티 공작도 미남이었다.

"군사를 차근차근 모으고 있군."

하르마티 공작이 주변을 둘러보며 말했다. 묵직한 저음이었다. 그의 뒤를 따르는 기사들은 실전 경험이 풍부한 진짜배기였다.

'포를카나 왕위를 노리는 두 사람이 룽겔 공작령에 도착했다.'

사람들이 숙덕거렸다. 하르마티 공작은 그들의 반응을 보며 고개를 갸웃했다.

"내 등장이 그렇게도 충격적인가? 하하."

하르마티 공작이 웃었다. 그는 기병 백 명을 이끌고 룽겔 공작령을 찾아왔다.

'아무래도 룽겔 공작에게 다시 확답을 받아야겠어.'

하르마티 공작도 룽겔 공작의 태도 때문에 불안했다. 왕자가 제국의 지지를 얻은 이상에야 룽겔 공작이 변심할 가능성도 있었다.

끼릭, 끼릭.

하르마티 공작은 기사 삼십을 이끌고 안쪽 깊이 들어갔다. 그는 성의 창문을 흘깃 바라봤다.

"음?"

낯익은 얼굴을 본 듯했다. 하르마티 공작이 혼자서 중얼거렸다.

"이거야 원."

찰나였지만 확실했다.

"여기에 있었구나, 조카야."

하르마티 공작이 이를 드러내며 활짝 웃었다.

저녁 식사 자리는 화기애애하지 않았다. 무장한 전사들이 한 걸음씩 물러나 자신의 주군 뒤에 서 있었다.

"말없이 왕성을 떠나 여행을 가다니… 좀 무책임했습니다, 조카님."

하르마티 공작이 먼저 말했다. 그는 칠면조 다리를 뜯어서 자신의 그릇에 놓았다. 고기를 깨무니 육즙이 터지듯 튀어나왔다.

"왕이 되면 자유로이 여행도 다니지 못할 테니까요. 마지막으로 제국 수도에 가 보고 싶었습니다, 숙부."

파헬이 포도주를 옆으로 들며 말했다. 호위기사가 포도주를 먼저 맛보곤 고개를 끄덕였다.

"그건 걱정 안 하셔도 됩니다. 힘든 일이 있으시면 제게 맡기시지요."

"숙부에겐 벅찬 짐이죠. 안 그래도 여러 중요한 자리를 맡고 계시지 않습니까."

파헬이 천연덕스레 말했다. 하르마티 공작이 육즙이 묻은 입가를 닦았다.

'바보 같은 대화로군.'

파헬은 포도주를 깊게 들이켜며 쓰게 웃었다. 서로가 서로를 죽이고자 안달이 났다. 두 사람 중 하나는 죽어야 피비린내 나는 내전이 끝난다. 지금쯤이면 바스컬링 공작령에서 전투가 한창일 터다.

"이 숙부는 좀 섭섭합니다. 왕국에 오자마자 가장 먼저 저를 만나주시지 않고 룽겔 공작을 먼저 만나다니. 언제부터 조카님이 룽겔 공작과 절친한 사이가 되신 겁니까?"

하르마티 공작이 실실 웃으며 룽겔 공작을 쳐다봤다. 입가의 웃음과 달리 눈동자가 서늘한 분노를 품고 있었다.

'감히 날 배신할 셈이냐, 룽겔 공작.'

룽겔 공작은 중립적인 태도를 취했다. 룽겔 공작이 묵인만 한다면 하르마티 공작은 이 자리에서 파헬을 당장이라도 죽일 것이다.

"룽겔 공작은 생각이 깊으신 분이라 들었습니다. 왕이 되기 전에 한번 뵙고 싶었습니다. 왕성에 간다면 대관식을 바로 해야 하지 않겠습니까? 부왕께서 깨어나시지 못했고, 제가 성인이 되었으니까 말이죠. 그간 나랏일을 하시느라 고생이 많으셨습니다, 숙부."

"고생은 무슨! 그런 말씀 하시지 마시죠. 다 조카님과 형님을 위해서 한 겁니다. 이 하르마티 공작! 조카님께서 저를 필요로 하신다면 온몸 바쳐 일하겠습니다."

하르마티 공작이 탁자를 가볍게 주먹으로 치며 말했다.

"필요 없습니다, 숙부. 하르마티 공작령으로 돌아가시지요. 다신 왕성으로 오실 필요가 없습니다. 공작령에서 한 발자국이라도 나오신다면 반역자로 취급하겠습니다."

파헬이 술잔을 내려놓으며 말했다. 하르마티 공작이 손을 부들부들 떨었다.

"……많이 취하셨군요."

하르마티 공작이 파헬을 정면으로 쳐다봤다. 파헬은 침을 꿀꺽 삼켰다.

'숙부.'

숙부에 대한 나쁜 기억만 있는 게 아니었다. 자상한 숙부의 모습도 어린 시절의 기억에 남아 있었다. 숙부의 눈동자가 언제부터 저렇게 차가워진 걸까? 파헬은 떨리는 가슴을 애써 진정시키며 목청을 가다듬었다.

"룽겔 공작, 저와 건배를 하지요. 숙부께선 술을 좋아하시지 않을 겁니다."

파헬은 숙부와 맞서기로 했다. 룽겔 공작의 지지를 반드시 얻어야 한다.

'왕자의 제안은 나쁘지 않아. 하르마티 공작이 왕이 된다면 내 힘이 줄어들겠지.'

룽겔 공작이 술잔을 잡았다. 그가 하르마티 공작과 파헬을 번갈아 바라봤다. 하르마티 공작은 당장이라도 이곳을 빠져나갈 기세였다. 바깥에는 하르마티를 따르는 백 명의 중장기병이 있다. 이곳에서 싸운다면 난장판이 될 터다.

"흠."

룽겔 공작이 침음을 냈다. 그는 파헬과 건배를 하지 않았다. 그저 혼자 술잔을 입에 대고 마셨다.

'제길, 나와 손을 잡지 않겠다는 건가.'

룽겔 공작의 행동을 본 파헬의 얼굴이 일그러졌다. 반면, 하르마티 공작의 얼굴에는 화색이 돌았다. 희비가 교차했다.

"유릭."

파헬이 낮게 말했다. 쇳소리가 났다. 유릭은 칼과 도끼를 뽑으며 사방을 노려봤다.

차가운 긴장이 음식 위를 오갔다. 전사들의 눈동자가 서로를 살폈다. 그들은 선불리 움직이지 않았다.

척.

기사들이 주군의 곁에 다가오며 방패와 칼을 들었다. 당장이라도 싸움이 일어날 듯했다.

'이건 좀 힘든걸.'

유릭이 고개를 흔들며 웃었다. 땀이 턱 밑으로 떨어졌다. 공작들 뒤에 보이는 병력만 해도 스물이 넘는다. 일반 병사도 아니고 기사들이다.

'룽겔과 하르마티가 힘을 합쳐서 협공한다면, 파헬을 지켜내는 것만으로도 벅차다. 살아남는 건 힘들어.'

유릭의 팔근육이 빳빳하게 부풀었다.

'몇 명이나 죽일 수 있을까?'

유릭은 파헬의 꿈을 이뤄주고 싶었다.

'별다른 거창한 이유가 아니야, 친구니까.'

파헬의 고뇌를 옆에서 지켜봤었다. 유릭은 파헬을 이해하지 못했다. 파헬처럼 자신의 나약함에 한탄하며 앞으로 나아가 본 적이 없었다. 유릭은 늘 강했고, 앞길을 가로막는 장애가 나타나면 깨부수며 나갈 뿐이었다.

'파헬은 나약해. 누군가의 보호를 받지 않으면 아무것도 하지 못하지.'

하지만 파헬은 넘어지고 좌절하고 울부짖으면서도 앞으로 나아갔다. 그것 또한 강함이다.

"파헬, 내가 널 왕으로 만들어주지. 이 자리의 모두를 죽여서라도."

유릭이 속삭이듯 말했다. 그가 가슴을 펼치며 싸울 준비를 했다. 기다려 줄 생각은 없었다. 자신의 도끼와 칼로 만찬장을 피로 물들일 것이다. 유릭은 앞으로 벌어질 광경을 예지하듯 바라봤다. 음식 대신에 내장이 식탁에 걸려 있고, 잘린 머리통이 굴러다니는 만찬장. 피를 뒤집어쓰고 눈을 부라리는 자신의 모습.

맹수가 유릭의 등 뒤에 깃든다.

짝!

유릭의 집중을 누군가 깨뜨렸다.

"그만. 지금 무슨 짓을 하는 겁니까?"

룽겔 공작이 손뼉을 치며 말했다. 그는 기사들에게 뒤로 물러나라는 신호를 보냈다. 룽겔 공작은 능글능글하게 웃고 있었다.

"룽겔 공작, 의도를 확실히 밝히시오."

하르마티 공작이 미간을 찌푸렸다.

"하르마티 공작, 저는 제 영지 내에서 왕자님 일행에게 해를 끼치지 않기로 맹세했습니다. 오늘 밤에는 싸움이 없습니다."

"줄을 잘못 서는군, 룽겔 공작. 오늘 밤 내전이 끝날 수도 있었는데 말이오."

하르마티 공작도 자신의 기사들을 뒤로 물렸다. 단단한 긴장감이 흐물흐물 녹아내렸다.

'하르마티 공작이 세력을 유지한 채로 왕이 돼? 끔찍한 일이지!'

룽겔 공작이 포도주를 마시며 웃었다. 누가 왕이 되더라도 적당히 세력을 소모하는 게 낫다.

'전쟁에서 하르마티 공작이 승리하더라도 내전 후유증에서 회복하는 데 십 년은 걸릴 터다. 내가 세력을 불리기에 충분한 시간이지.'

전쟁에는 막대한 자금이 들어간다. 전쟁이 끝나면 빚 때문에 파산하는 귀족도 많았다. 이미 하르마티 공작은 돈을 물 쓰듯 쓰고 있었다.

'바르카 왕자가 승리할지라도 당분간은 제대로 힘을 쓰지 못할 터다. 무엇 하나 제대로 된 기틀도 없이 처음부터 쌓아가야 할 테니까. 내가 재상이 되어 돕고자 한다면 거절하지 못하

겠지.'

룽겔 공작은 생각을 마쳤다. 그는 결정했다.

"왕자님, 하르마티 공작."

룽겔 공작이 좌우를 번갈아 보며 말했다.

"룽겔 공작령은 내전 중립을 선언합니다. 그리고 중립을 원하는 귀족들도 모두 보호할 겁니다."

룽겔 공작이 팔을 벌리며 말했다.

"룽겔-!!"

하르마티 공작이 식탁을 주먹으로 내려치며 일어섰다. 룽겔 공작은 태연하게 하르마티 공작을 쳐다봤다.

"하르마티 공작께선 제가 선택하길 원하십니까?"

룽겔 공작이 술잔을 들며 말했다. 그는 술잔을 파헬 쪽으로 뻗었다.

'내가 협박한다면 왕자에게 붙겠단 말이냐.'

하르마티 공작은 분했다. 끓는 감정이 목구멍까지 치솟았다. 그는 얼음을 삼키듯 감정을 억눌렀다.

"하하, 마음대로 하시오, 룽겔 공작. 중립을 원한다면 굳이 강요할 순 없지!"

하르마티 공작은 언제 분개했냐는 듯이 웃었다. 그도 술잔을 높게 들었다.

'교활하군, 룽겔 공작. 여기서 중립을 말하다니.'

하르마티 공작이 룽겔 공작을 쳐다봤다. 룽겔 공작의 역겨운 미소를 찢어버리고 싶었다. 머리는 성문에 내걸고 기다란 내장을 뽑아 장식처럼 걸어두고 싶었다. 상상만 해도 짜릿했다.

'하지만 룽겔 공작의 비위를 상하게 해서 적으로 만들 필요는 없어. 왕자의 군대와 내전을 벌이고 승리한 뒤에는 룽겔 공작의 협조가 필요해. 룽겔 공작 없이는 왕국을 통제하지 못한다.'

하르마티 공작도 정치꾼이다. 싫은 상대와 동맹을 맺는 법을 안다. 그는 웃으면서 룽겔 공작의 중립 선언을 받아들였다.

"바르카 왕자, 제 중립 선언을 인정하겠습니까?"

룽겔 공작이 파헬에게 말을 건넸다.

"인정할 수밖에 없지요."

파헬이 얌전히 고개를 끄덕였다.

"한바탕하는 것 같더니, 이렇게 끝내는 거야?"

유릭이 투덜거리며 무기를 집어넣었다.

전투 열의는 이미 가라앉았다. 싸움은 없었다. 무력은 어디까지나 최후의 수단이다. 하지만 무력 없이는 동등하게 거래하지 못한다. 유릭의 기세가 협상에 영향을 끼친 건 분명했다. 파헬에게 부족한 압박감을 유릭이 대신 채웠다.

'저 야만인은 심상치 않아. 어쩌면 여기서 목이 날아가는 건

나일지도 모르지.'

룽겔 공작과 하르마티 공작은 그런 생각을 했다. 저 야만인의 도끼가 자신의 목을 베는 상상을 했었다.

"오늘 밤에 싸움은 없습니다. 포를카나의 빛나는 미래를 위해 건배합시다."

룽겔 공작이 건배사를 하며 말했다. 다른 두 명의 군주도 잔을 들어 올렸다.

협상과 거래는 끝났다. 룽겔 공작은 자신의 위치를 이용해 중립을 선언했다. 그는 내전이 끝나고 나약해질 왕권을 이용할 생각이었다. 룽겔 공작은 내전을 하는 동안 중립 귀족들을 끌어모아 독자적인 세력을 만들 터다. 누가 내전에서 이기든 힘과 세력을 고스란히 유지한 룽겔 공작을 중용할 수밖에 없다.

하르마티 공작과 파헬은 룽겔 공작의 속셈을 알면서도 중립을 인정했다. 룽겔 공작을 적으로 만드는 사람이 내전에서 패하기 때문이다.

'즉흥적으로 제3세력을 만들다니.'

파헬은 정치에 노련한 귀족들을 바라봤다. 두려웠다. 왕이 된다면 평생을 상대해야 할 부류들이다.

Chapter 5

파헬 일행은 빠르게 공작령을 가로질렀다. 그들이 타고 있는 말들은 속보로 움직였다. 용병들의 얼굴에서 불안과 불만이 맴돌았다.

"어떻게 된 거야? 제국의 지지를 얻었잖아. 그런데도 저 귀족들은 저렇게 뻗대는 거야?"

바크만이 입을 열었다. 그는 룽겔 공작령에서 겪은 일이 이해되지 않았다.

'자칫하다 죽을 뻔했어. 영락없이 포위당한 상태였다고.'

협상에 실패했다면 전멸했을 상황이었다. 바크만은 화가 난 듯이 말했다.

"세상사 쉬운 일은 없다고, 바크만."

유릭이 킬리오스를 몰며 웃었다. 파헬은 킬리오스가 아닌

다른 말을 타고 있었다. 파헬은 어떤 말이든 잘 다루지만 유릭은 킬리오스가 아니면 따르는 말이 많지 않았다.

"제국이 왕자의 뒤에 있는데 저렇게 나오다니, 간이 배 밖으로 나온 놈들 아니야?"

바크만과 다른 용병들은 그렇게 생각했다. 그들은 황제가 파헬에게 내건 조건을 모른다. 복잡한 정치 역학 관계에 대해서는 유릭만큼이나 무지하다.

"제길, 우리 쫓기는 거 맞지? 엉덩이 아파 죽겠네."

바크만이 허리를 들썩이며 말했다. 그들은 산길을 빠르게 올랐다. 말만큼이나 용병들도 지쳤다.

"아마도."

유릭이 파헬을 바라봤다. 파헬이 용병들에게 설명했다.

"하르마티 공작은 내전을 빨리 끝내고 싶어 할 거야. 나를 사로잡으면 끝나는 전쟁이지. 절대 이 기회를 놓치지 않을걸."

"그래도 룽겔 공작이 네 편을 들어줬군. 몰래 성을 빠져나가게 해주다니."

파헬 일행은 성의 뒷문을 통해 빠져나왔다. 그들은 한밤중부터 새벽까지 계속 달렸다. 멀리서 동이 터오고 있었다.

"내가 잡혀서 내전이 바로 끝나면 룽겔 공작도 곤란하기 때문이지. 룽겔 공작은 내전이 길어지길 원해. 내전이 길어지면 누가 왕이 되든 왕권이 약할 테니까."

"크큭, 대단하신 양반이로군."

유릭이 웃었다. 그는 모두의 욕망을 똑똑히 보았다. 하르마티 공작, 룽겔 공작, 파헬. 그 세 명이서 각자의 욕망을 다투었다. 그 밑에서 깔려 죽는 백성들의 신음이 벌써부터 들리는 듯했다.

'과부와 고아가 넘쳐 나겠군.'

유릭은 산자락에 걸친 농가를 바라봤다. 남자의 손이 빠진 농가는 한적했다. 여인들이 겨울 준비를 하느라 장작을 패고 있었다.

"우리가 성을 빠져나간 걸 알면 하르마티 공작이 부하들을 풀어서 쫓아올 거야. 그래도 우리가 한참이나 먼저 출발했으니까 이대로 속도만 유지하면 마주치는 일은 없겠지."

파헬의 말에는 여유가 있었다. 거리는 충분히 벌렸다. 똑같이 말을 타고 있기에 따라잡힐 이유가 없었다. 파헬은 용병들의 불만을 가라앉히듯 상황을 설명했다.

"우린 가장 좋은 협상을 하지 못했지만 그럭저럭 나쁘지 않은 상황이야. 룽겔 공작의 중립 선언을 얻어낸 것만으로도 하르마티 공작에게는 큰 피해거든. 하르마티 공작은 돌아가자마자 전면전을 준비하겠지. 재산을 탈탈 털어서 군대를 증강할 걸."

유릭의 말에 용병들의 표정이 한결 나아졌다.

"여기서 휴식. 말들도 지쳤어."

파헬이 일행을 둘러보며 말했다. 말의 상태를 읽는 능력은 누구보다 뛰어났다.

산길이라 무리하면 말도 부상을 입는다. 용병들이 숨을 돌리며 말에서 내렸다.

"진짜 조마조마했다고. 거기서 싸웠으면…… 끔찍했겠지."

"아무리 유릭 대장이라도 그놈들을 다 상대하진 못하잖아."

용병들이 성에서 있었던 일을 회상했다. 유릭의 기세에 파묻혀서 드러나진 않았지만 용병들은 벌벌 떨고 있었다. 그들은 목숨을 걸고 싸우는 전사가 아니다. 살아서 돈을 버는 게 목적이다.

'차라리 북부인들을 데려올 걸 그랬나.'

유릭은 낮아진 사기를 보며 생각했다. 용병들은 불리한 상황에서 사기가 급격히 낮아진다. 그들은 이기는 전투를 좋아한다.

"어이, 기드윅. 어디 가? 대충 근처에서 싸라고."

바크만이 숲으로 들어가는 용병을 보며 물었다.

"속이 부글부글 끓어. 냄새가 독할 텐데, 괜찮겠어? 지금 터지기 직전이라고."

용병이 인상을 찌푸리며 자신의 배를 매만졌다. 그 말을 들은 다른 용병들이 야유했다.

"빨리 싸고 와."

벌써부터 코를 막은 바크만이 손을 휘휘 저었다. 용병이 수풀 사이로 성큼성큼 걸어 들어갔다.

용병들은 쪽잠을 자거나 음식을 먹었다. 말들도 풀을 뜯으며 휴식을 취했다. 벌레 우는 소리와 새 지저귐만 들렸다.

"조용하군."

유릭이 나무 아래에서 소변을 누며 말했다. 그는 바지에 손바닥을 닦으며 주변을 둘러봤다. 어쩐지 묘하게 불안했다. 뭔가 놓친 느낌이 들었다. 유릭이 곰곰이 생각하더니 서둘러 바지를 추켜올렸다.

"아까 똥 싸러 간 놈 돌아왔어?"

유릭이 용병들을 보며 물었다.

"기드윈? 아니, 아직 안 왔어. 어제 성에서 기름진 걸 먹었으니 설사가 나올 만도 하지."

바크만이 대답했다.

"당장 찾아봐."

유릭이 심각하게 말했다. 그의 목소리가 낮게 으르렁거렸다.

"왜? 똥 싸러 갔잖아?"

바크만은 그렇게 말하면서도 일어서며 무기를 챙겼다. 바크만과 용병들은 유릭을 대장으로 여기고 따른다. 일단 명령을 들으면 행동으로 옮긴다. 의문이야 나중에 해결하면 된다. 몸에 밴 습관이었다.

“냄새가 나지 않아. 어지간히 멀리 간 게 아닌 이상에야 내 코까지 똥 냄새가 닿지 않을 리가 없어. 하물며 물똥이면 냄새가 지독하지.”

유릭이 말했다. 용병들이 움찔하며 수풀 속을 수색했다.

“찾아봐도 없어. 불러도 대답도 없다고.”

수색하던 용병들이 말했다. 그들도 상황이 어찌 된 건지 알았다.

‘기드윅이 배신했어.’

용병들이 온갖 저주와 욕설을 내뱉었다.

뿌득.

유릭이 어린나무를 잡아서 부러뜨렸다. 나무 파편이 그의 손아귀를 파고들었다.

“연기다!”

제법 떨어진 곳에서 연기가 피어올랐다. 기드윅이 도망간 방향이었다. 연기는 가장 기초적인 연락 수단이다.

“돌아가서 말을 타! 추격대가 온다!”

기드윅이 배신했다면 모든 예상이 어긋난다. 하르마티 공작도 금방 추격대를 꾸렸을 터다. 거리는 예상보다 훨씬 가까웠다. 유릭의 귀가 움찔했다. 온갖 잡소리 속에서 말발굽 소리가 선명하게 들렸다.

'적어도 서른.'

말발굽 소리가 많았다. 유릭이 인상을 찌푸렸다. 적의 숫자보다 더 큰 문제가 있었다. 용병들의 사기가 낮았다. 불안이 전염되듯 퍼졌다. 그나마 검투사 시절부터 함께한 용병들은 투지를 갖추고 있었으나 그것만으로는 부족했다.

"싸우기에는 자리가 좋지 않아. 일단 움직여."

유릭이 용병들을 재촉했다.

'사실은 자리가 문제가 아니지.'

용병들의 표정은 뒤숭숭했다. 힘들게 제국의 지지를 얻었는데도 일이 쉽게 풀리지 않았다. 거기다가 동료가 배신했다. 그들을 쫓는 적은 일반 병사가 아니라 노련한 정예 기병들이다. 여러모로 사기가 떨어질 만했다.

'이대로 싸우면 진다.'

용병들이 죽기 살기로 싸운다면 유릭의 무력으로 어찌어찌해 볼 만했다. 유릭같이 비범한 전사는 다른 전사들의 역량조차 끌어올린다.

'지금 싸운다면 죽기 살기로 싸우기는커녕 도망가기 급급할걸.'

유릭은 용병들의 섭리를 안다. 아무리 형제니 뭐니 해도 그들은 목숨과 돈을 저울질하며 살아가는 속물들이다. 보상보다 위험이 더 크다고 생각되면 가차 없이 도망간다.

"유릭, 적이 몇 명인지 알겠어?"

말을 타고 달리던 바크만이 물었다.

유릭은 맨 끝에서 뒤를 힐끗 바라봤다. 아직 적들이 보이지 않았다.

"우리보단 많아."

유릭이 나직이 말했다. 정확한 숫자는 말하지 않았다. 서른 정도가 쫓아온다는 말을 들으면 달아날 기세인 놈이 몇 명 보였기 때문이다.

"무슨 의미인지 알겠어. 우리보다 훨씬 많다는 거군."

바크만은 눈치가 빨랐다. 유릭이 말한 의미를 알아챘다.

'유릭은 호전적인 용병대장이다. 승산이 절반만 있어도 아까 거기서 진을 치고 싸웠을 거야. 이렇게 도망간다는 것 자체가 유릭의 판단으로도 승산이 희박하다는 이야기지.'

바크만은 유릭을 일 년이나 보좌했다. 일심동체인 것처럼 금방 유릭의 뜻을 알아먹었다. 그는 특유의 말재주를 살려서 유릭을 대신해 용병들을 어르고 달랬다. 그런 능력이 아니었다면 아무리 유릭과 친하더라도 용병단의 중직에 계속 있지 못했을 터다.

"말 하나에 두 명씩 타자."

갑자기 바크만이 제안했다.

"그게 무슨 개소리야? 안 그래도 쫓기는데 두 명씩 타면……아하!"

유릭이 말을 하다가 눈을 크게 떴다. 그는 금방 바크만의 제안을 알아먹었다.

"다들 말 하나에 두 명씩 올라타! 시간이 없어!"

바크만이 다른 용병들을 재촉하며 말했다.

"제기랄! 똑똑하잖아, 바크만!"

유릭이 외쳤다. 용병들도 바크만의 의도를 알아채곤 부지런히 움직였다.

'좋아, 이 정도면 됐어.'

바크만이 말을 절반으로 나눴다. 사람이 타지 않은 말들의 엉덩이를 쳐서 다른 방향으로 뛰게 했다.

"우리도 바로 출발한다."

용병들이 두 명씩 말을 탔다. 유릭이 콧잔등을 비비며 웃었다. 기가 막힌 해결책이었다.

'이렇게 하면 우리가 갈라진 줄 알겠지. 놈들이 노리는 건 파헬이야. 싫든 좋든 병력을 둘로 나눌 수밖에 없겠지.'

유릭이 눈을 크게 떴다. 동공에서 깊게 눌러뒀던 살의가 솟구쳤다. 유릭과 말을 같이 타고 있던 파헬이 움찔했다. 서늘하게 이를 드러낸 유릭의 얼굴이 무서웠다.

'놈들은 서른 정도였어. 절반으로 나누면 많아야 스무 명 정

도다. 해볼 만해.'

유릭이 키득키득 웃었다. 석 달 넘게 생사의 경계에서 떠나 있었다. 삶과 죽음을 넘나들던 감각이 둔해진 듯했다. 전사는 항상 그 경계를 잊어선 안 된다.

드디어 전장이다.

싸움이다.

악취를 흘릴 시간이다.

인간의 탈을 쓴 짐승은 굶주려 있었다.

수풀을 헤치고 달린 기드윅은 부싯돌로 마른 장작에 불을 붙였다. 연기가 피어오르자 말굽 소리가 금방 가까워졌다.

"하핫, 오셨군요, 나리들."

기드윅이 하르마티 공작의 기병대와 마주했다. 그는 조심스레 웃으며 기병대의 눈치를 살폈다.

"왕자 일행을 발견하면 돈을 지불하겠다. 뒤에 타라. 거짓을 지껄이면 네놈의 목이 먼저 날아갈 줄 알아라."

기병대장이 말했다. 원래는 중장기병들이지만 지금은 가죽

갑옷을 착용했다. 그들은 경무장을 하고 왕자 일행을 밤새 좇았다.

"무, 물론입죠."

기드윅이 엉거주춤하게 말에 올라탔다.

'흥, 천박한 용병 놈. 동료를 팔러 오다니.'

기병대장은 기드윅을 멸시했지만 내색하진 않았다.

전날 밤에 기드윅은 하르마티 공작을 몰래 찾아왔다. 왕자의 위치를 알려주는 대신에 막대한 보상을 약속받았다. 하르마티 공작이 포섭한 게 아니라, 기드윅이 스스로 동료들을 배신했다.

'분위기를 보니 왕자가 이긴다는 보장도 없어. 앞으로 몇 번의 전투를 더 겪어야 할지도 몰라. 나 같은 놈은 언제 뒈져도 이상하지 않다고.'

기드윅은 실력이 좋은 용병은 아니었다. 어디에나 있을 법한 그런 용병이다. 그는 자신의 주제를 알았다.

'죽은 다음에 큰돈을 벌어서 뭐 해. 내가 살고 봐야지.'

기드윅이 기병대를 바라봤다. 그 숫자는 서른이 넘었다. 하나같이 비범해 보이는 병사들이었다. 서임식만 받지 않았을 뿐이지 기사나 마찬가지였다. 그들은 하르마티 공작이 사비를 들여 키운 기병대였다.

'이 정도면 아무리 유릭 대장이라도 당해내지 못하겠지.'

기드윅은 유릭의 무서움을 안다.

"으으으."

기드윅이 갑자기 신음했다. 오한이 몰려왔다.

'제길, 생각만 해도 더럽게 무섭네. 내가 그 유릭을 배신했어. 그 무시무시한 대장을…….'

유릭이 얼마나 대단한 전사인지는 용병들이 더 잘 안다. 그들은 유릭의 곁에서 함께 싸운 자들이다.

'하지만 그게 문제야. 너무 대단해서 따라가기가 힘들어. 목숨은 하나뿐이라고.'

기드윅이 애써 죄악감을 지웠다. 그도 마음이 편하진 않았다. 돈 때문에 동료를 팔았다. 입단 당시의 맹세를 어긴 셈이다. 누가 봐도 옳지 않은 일이었다.

'사후세계고 자시고, 일단 지금의 내가 살고 봐야지!'

기드윅은 고개를 숙였다. 태양을 보기가 부끄러웠다. 루가 자신을 보는 듯했다. 동녘의 햇살이 따가웠다.

"눈치가 빠른 쥐새끼들이군. 여기서 갈라졌어. 하나는 함정일 수도 있겠군. 역시 왕자의 호위를 맡을 만큼의 능력은 된다는 건가."

기병대가 잠시 멈춰 섰다. 그들은 두 무리로 갈라진 말발굽 자국을 바라봤다. 그들은 대번에 용병들의 작전을 눈치챘다.

'어느 쪽이든 왕자를 잡아야 해.'

기병대장이 용병들의 의도를 알면서도 추격대를 둘로 나누었다. 그걸 본 기드윅이 겁에 질린 목소리로 말했다.

"두, 둘로 나눠서 추격하면 위험합니다, 나리."

기드윅이 힘겹게 말했다. 기병대장이 기드윅을 노려봤다.

"그게 무슨 소리인가? 용병들은 고작해야 열 명이 조금 넘을 뿐이네."

"하지만 다른 용병들은 그렇다 쳐도 용병대장인 유릭은 보통이 아닙니다. 혼자서 능히 열 명의 역할을 하고도 남습니다!"

둘로 나뉜 기병대는 각각 스무 명에 가까운 인원이었다. 열 명 남짓한 용병을 제압할 자신이 있었다.

"우리가 어중이떠중이로 보이는가?"

기병대장이 험악하게 말하자 기드윅이 입을 다물었다.

'제기랄, 제발 내가 있는 추격대가 용병들과 부딪치지 않길……'

기드윅이 간절히 바랐다. 죄책감도 죄책감이지만, 그는 유릭이 무서웠다. 배신할 때도 심장이 쿵쿵 뛰었다. 유릭의 비위를 상하게 한 적들이 어떤 꼴을 당했는지 몇 번이나 봤었다.

'제발. 내가 다시 유릭 대장을 보는 일이 없게 해주시옵소서.'

기드윅은 기도했다.

그러나 태양신이 맹세를 어긴 기드윈을 벌한 걸까?

"찾았다!"

기병대장이 외쳤다. 그는 막 들판으로 내려가는 용병단을 발견했다. 말고삐를 세차게 당기며 박차를 가했다.

"예상대로군. 우릴 분산시키면 이길 자신이 있다는 건가?"

기병대장이 용병들의 판단을 비웃었다. 용병들은 둘이서 말을 하나씩 타고 있었다. 그런 꼴로는 기병대에게 금방 따라잡힌다.

히이이잉!

파헬 일행은 말을 세우며 기병대와 맞닥뜨릴 준비를 했다. 절반은 말에서 내리고, 나머진 절반은 말을 탄 채로 기병대가 달려오는 걸 바라봤다.

"적의 무장은 어설퍼! 우리를 쫓아오느라 지친 상태다! 겁먹지 마! 무기를 똑바로 들어! 도망갈 곳은 없다!"

바크만이 창을 들며 외쳤다. 그가 다른 한 손으로 말고삐를 잡으며 말을 탄 용병들을 이끌었다.

"오우! 가자! 죽여 버려!"

적의 숫자는 확인한 용병들의 기세가 올랐다. 낮았던 사기가 오르고 있었다. 바크만의 작전 덕분이었다.

'이 정도면 싸워볼 만하다!'

용병들은 스물 남짓한 기병대를 보며 침을 꿀꺽 삼켰다. 아까와 달리 전의가 충만했다.

"왕자님, 뒤로 물러나시지요."

호위기사가 파헬을 지키듯 앞에 서며 말했다. 호위기사 두 명은 후열에서 파헬을 보호했다.

"유릭은 괜찮을까?"

파헬이 말했다. 호위기사가 투구를 누르듯 잡으며 고개를 끄덕였다.

"용병대장은 무척 강합니다. 혼자서 열 명의 역할을 능히 해내겠지요."

그렇게 말한 호위기사의 눈동자가 달려오는 기병대의 뒤를 좇았다.

유릭은 용병들 틈에 섞여 있지 않았다. 그는 다른 곳에서 대기하고 있었다.

"이, 이상합니다! 기병대장 나리! 유, 유릭이 보이지 않습니다. 용병대장이요!"

기드워이 외쳤다. 유릭은 멀리서도 눈에 띄는 사내다. 성격상 후방에 있을 자가 아니었다.

"겁먹고 도망갔는가 보지! 적은 우리보다 적다! 물러나지 마라! 돌격-!!"

기병대장이 용맹하게 외쳤다. 그가 칼을 뽑아 높게 추켜올렸다. 기병들이 함성을 질렀다. 말발굽 소리가 땅을 울렸다.

"유릭은 겁을 먹고 도망갈 사람이 아닙니다! 뭔가 이상하단 말입니다!"

기드윅이 버럭 소리를 질렀다. 그는 죽기 싫었다. 불길함이 등골을 스쳤다.

기병대는 기드윅의 불안과 조언에 신경 쓰지 않았다. 그들은 자부심이 넘치는 기병대였다. 평생을 칼을 휘두르며 살았으며 전투에서 져 본 적이 없었다.

"오, 오오오오오오!"

기드윅이 뒤를 돌아봤다. 기병대의 뒤쪽에서 포효가 들렸다. 혼자서 말을 탄 유릭이 수풀에 숨어 있다 나왔다.

"나왔다! 나왔어! 유릭이 왔다고!"

기드윅이 말을 모는 기병의 팔을 당기며 외쳤다. 그는 미친 사람처럼 경기를 일으켰다.

"버나드! 셉틴! 야르바! 뒤에서 오는 놈을 처리해! 후방에서 일기 돌격이라니! 나 원, 자기가 무슨 검귀 페르젠이라도 되는 것처럼 착각하는군!"

기병대장이 부하 세 명을 지정하며 말했다.

'정면에서 막아서고 우리의 후방을 공격하겠다는 건데…….
혼자서 우리 후방을 치겠다는 발상은 치기 어린 오만이다.'

기병 셋이 말머리를 돌리며 유릭을 향해 돌격했다. 그들은 각자의 무기를 뽑으며 유릭을 노려봤다. 나머지 기병들은 용병들을 향해 돌진하고 있었다.

"기드윅-!! 거기 목 씻고 잘 기다려라! 네놈의 가죽을 벗겨주마!"

유릭이 크게 외쳤다. 그 목소리가 쩌렁쩌렁 퍼졌다. 기드윅이 오줌을 찔끔 지리며 비명에 가까운 신음을 질렀다.

"히이이익! 세, 세 명으론 부족합니다! 기병대장! 당장 말머리를 전부 돌려서 유릭부터 죽이세요!"

기드윅이 울먹이듯 말했다. 기병대장이 눈살을 찌푸렸다.

"한 번만 더 헛소리를 지껄이면 그 혓바닥을 잘라주지."

기병대장이 앞만 보며 달렸다. 용병들이 보였다. 기병대장은 곧 벌어질 참사를 기대했다. 자신의 기병대가 용병들을 관통하듯 뚫고선 곧장 왕자의 수급을 취할 터였다. 생각만 해도 입가에 미소가 걸렸다.

'저 철부지의 머리만 베어내면 주군께서 드디어 이 나라의 왕이 되신다!'

기병대장이 안쪽에 있는 왕자를 응시했다. 왕자는 도망가지 않고 말을 탄 채로 뒤에 있었다.

'자신의 용병들이 이길 거라 믿는 건가? 우습군. 하기야 전투 경험조차 없는 애송이 왕자니까, 역량을 가늠할 줄도 모르는 거지.'

고오오오오!

기병대장은 갑자기 뒤통수가 서늘했다. 뒤에서 단말마가 연거푸 세 번 들렸다.

기병대장이 뒤를 힐끗 바라봤다. 유릭이 기병대의 꽁무니까지 바짝 쫓아왔다.

'부하들이 순식간에 당했군.'

유릭을 맡았던 기병 셋의 머리통이 어느새 땅바닥에 굴렀다.

"온다! 유릭이 온다!"

기드윅이 벌벌 떨며 외쳤다.

유릭은 피가 묻은 도끼를 양손에 꼬나 쥐고 말 위에서 다리로만 몸을 지탱하며 달려왔다. 마상 전투술이 제법 높은 수준까지 이르렀다.

'기드윅, 개자식이!'

유릭의 눈동자가 분노로 번뜩였다. 악다문 입술 옆으로는 핏줄과 근육이 두드러졌다.

'감히 배신을 해?'

차라리 견디지 못해 도망갔다면 유릭은 순순히 보내줬을 터다.

'하지만 형제를 팔아넘기는 건 찢어 죽여도 부족하지.'

분노가 유릭의 근육에 실렸다. 그의 강철도끼가 무자비하게 적을 베었다. 킬리오스가 흰자를 번뜩이며 거품을 물 듯

달렸다.

"내가 말했잖습니까! 유릭은 보통이 아니라고!"

기드윅이 울부짖었다. 기병대의 정면으로는 용병들이 달려오고 있었다.

'이제 와서 방향을 틀긴 늦었어.'

기병대장이 입술을 거칠게 씰룩였다.

"돌격!"

뒤에서 덮쳐 오는 유릭을 무시했다. 그는 용병들 너머의 파헬을 쳐다봤다.

'우리가 여기서 전멸하더라도 왕자만큼은 죽이고 간다!'

기병대장은 죽음을 각오했다. 유릭에게 뒤를 완전히 잡히기 전에 왕자를 죽일 생각이었다.

"우아아아아아!"

용병들도 소리를 질렀다. 기병대 뒤를 장악한 유릭을 보곤 용기를 얻었다. 그들은 용감하게 무기를 쥐고 기병대와 충돌했다.

콰당탕!

기병들이 용병들 사이사이를 지나갔다. 무기들이 교차하며 비명이 차례차례 울려 퍼졌다. 말을 탄 용병들이 기병과 싸우다 낙마했다.

"무시해라! 왕자를 노려!"

기병대장이 칼을 앞으로 세우며 외쳤다. 기병들이 용병들을 무시하곤 곧장 파헬을 향해 달렸다.

"왕자를 지켜!"

바크만이 말을 돌리며 외쳤다. 그가 고삐를 세게 잡아당기며 파헬을 보호하러 달려갔다.

용병과 충돌 후에 움직이는 기병은 일곱. 그들은 파헬만을 바라보며 말을 몰았다.

"오오오오!"

유릭도 전장에 도착하며 포효했다. 그가 기병대의 꼬리를 좇으며 베어낸 기병은 여섯이 넘었다. 유릭 덕분에 기병대가 전열도 가다듬지 못하고 용병대와 부딪쳤다. 혼자서 기습 양면 공격의 한 축을 해낸 셈이다.

'파헬을 노리는군.'

유릭이 인상을 찌푸렸다. 그는 기병대의 꼬리를 좇았기에 선두에 있는 기병들과는 거리가 멀었다.

"기드윈은 생포해!"

유릭이 용병들에게 그렇게 말하곤 말을 몰아 파헬 쪽으로 갔다. 그의 얼굴이 적들의 피로 시뻘겠다.

"킬리오스, 조금만 더 버텨."

킬리오스가 지친 숨을 쌕쌕 내뱉었다. 전력 질주로 한참이나 달렸다. 킬리오스의 다리가 후들후들 떨렸다.

"왕자님, 뒤로 물러나시지요."

파헬을 지키던 호위기사들이 말고삐를 잡고 칼을 뽑았다. 호위기사들은 필리온처럼 오랫동안 파헬을 지켜왔다. 그들의 충성심은 남달랐다. 충성심이 약한 자들이었다면 이번 여정을 버티지 못하고 진작 도망갔을 터다.

일곱 기병이 곧장 달려오는데도 호위기사 두 명은 자리를 굳건히 지켰다. 그들의 침묵이 바위처럼 단단했다.

콰득!

호위기사 두 명은 달려오는 기병과 마주했다. 한 명을 베는 데에는 성공했지만 뒤이어 오는 기병들의 칼까지는 막지 못했다.

"카학."

호위기사의 목에 칼날이 꽂혔다. 눈이 커지고 핏물이 솟구친다. 죽음을 대면하며 태양을 바라본다. 호위기사는 자신의 혼이 안식을 찾길 기도하며 죽었다. 다른 호위기사도 찰나의 시간을 벌기 위해 덧없이 죽었다.

"왕자만큼은 죽여라!"

기병대장이 피가 묻은 칼날을 들며 외쳤다. 파헬은 말을 몰아 도망갔다. 전장을 빙글 돌면서 기병대의 추적을 피했다.

'제길, 말을 잘 모는군.'

파헬을 쫓던 기병이 이를 악물었다. 거리가 좀처럼 좁혀지지 않았다. 파헬은 이리저리 말을 몰며 기병대의 추적을 떨쳤다.

"우리 물주를 건드리면 곤란하지!"

바크만과 용병 두 명이 말을 타고 기병대에 따라붙었다.

"쳇."

기병대장이 혀를 차며 칼을 휘둘렀다. 그의 눈동자가 사방을 좇았다. 해결책이 나오지 않는 최악의 상황이었다.

'빌어먹을. 일이 단단히 꼬였어.'

기병대장은 몇 번의 오판을 했다. 기병대를 둘로 분리해서 추격한 것, 뒤에서 달려오는 유릭을 무시한 것, 안 그래도 적은 병력을 나눠 무리해서 왕자를 쫓은 것. 잘못된 판단들이 겹치며 그의 기병대는 전멸 위기에 빠졌다. 아군의 비명이 잦았다.

"덮쳐! 왕자를 쫓지 못하게 해!"

바크만이 소수의 인원으로 기병대의 옆을 찔렀다. 왕자를 쫓던 기병대가 휘청거렸다. 바크만과 뒤엉킨 기병들이 같이 낙마하며 줄줄이 쓰러졌다.

콰당탕!

바크만이 단도를 꺼내 쓰러진 기병의 목을 그었다. 손아귀에 고인 핏물이 뜨뜻했다. 낙마한 병사들이 무기를 잡으며 일어섰다.

'빨리 와라, 유릭.'

기병대를 덮친 바크만과 용병은 합쳐서 셋이다. 바크만이 돌격한 까닭은 유릭의 재빠른 지원을 기대한 판단이었다.

"돈에 눈먼 쓰레기들이!"

기병대장이 일어서며 외쳤다. 그도 낙마한 무리에 섞여 있었다. 낙마하며 땅에 머리를 부딪혀서 뇌진탕이 있었다. 그는 투구를 벗어 던지곤 구역질하며 칼을 들었다. 전장에서는 어지럽고 아프다고 엄살 부릴 여유가 없다. 무기를 들지 못하면 죽을 뿐이다.

'저놈이 대장인가.'

바크만이 바닥에 떨어진 창을 잡으며 기병대장과 마주했다.

"신념도 충심도 없는 버러지들이, 내 앞길을 막아서느냐!"

기병대장이 증오 섞인 일갈을 내뱉으며 바크만을 향해 달려왔다.

'신념은 없지만, 내겐 미래가 있어.'

바크만이 중얼거리며 창을 앞으로 뻗었다. 단조로우나 강력한 찌르기였다. 수없이 반복한 동작이다. 찌르기는 빛처럼 빠르고 아름다웠다.

캉!

기병대장이 칼날로 바크만의 창끝을 쳐 냈다. 노련한 기술이었다.

기병대장은 하르마티 공작의 가신이다. 그는 걸음마를 뗄 때부터 전투 훈련을 받았다. 주군을 위해 목숨을 바치는 거라 배우며 자라왔다. 출신 성분이 평민인 바크만과 달랐다. 기병대장의 전투 기술은 바크만보다 뛰어났다. 그건 당연한 일이었다.

'빌어먹을.'

바크만이 달려오는 기병대장을 바라봤다. 실력의 격차를 느낀 바크만은 몸을 옆으로 내던졌다.

좌악!

기병대장의 칼이 바크만의 허벅지를 깊게 베었다. 뼈까지 닿는 일격이었다. 바크만이 비명을 지르며 허벅지를 붙잡았다.

"유우릭-!!"

바크만이 소리를 질렀다. 기병대장은 바크만의 목을 베려고 했다.

콰직!

강철도끼가 날아오더니 기병대장의 머리를 찍었다. 뇌진탕의 어지러움 때문에 투구를 벗은 게 또 다른 실수였다. 머리에 도끼가 박힌 기병대장이 파들파들 떨었다. 그는 검을 쥔 채로 쓰러져 죽었다.

"지혈이나 해, 바크만."

말에서 내린 유릭이 기병대장 머리에 박힌 도끼를 뽑았다. 쩌억 하는 소리와 함께 도끼에서 살점과 피가 뚝뚝 떨어졌다.

바크만이 천을 꺼내서 허벅지를 동여맸다. 혈관까지 베여서 출혈이 심했다.

"하아, 하아. 우리 이긴 거지?"

바크만이 창백한 얼굴로 주변을 보며 물었다.

"얼추."

유릭이 남은 기병을 찔러 죽이며 대답했다. 전세가 용병들에게 기울었다. 기병대장은 용병을 우습게 보고 무리한 판단을 했었다.

"하지만 바로 움직여야 돼. 절반으로 흩어진 추격대가 곧장 이리로 올 거야."

바크만이 나무를 잡으며 일어섰다. 다리를 심하게 절었다.

용병들의 피해도 컸다. 네 명이 죽었고, 남은 인원마저 자잘한 부상을 입었다. 바크만 같은 중상자도 세 명이었다.

'르핀 경, 제스핀 경.'

파헬이 죽은 기사들의 이름을 읊조렸다. 그들은 파헬을 지키다 죽었다.

'기병대와 마주치는 순간 자신들이 죽을 거란 걸 알았겠지. 그런데도 이들은 물러나지 않고 나를 지켰다.'

심장이 지끈거렸다. 죽은 용병들도 보였다. 왕좌로 가는 길은 피로 물든 길이다.

'앞으로도 얼마나 많은 피를 흘려야 할까?'

내전이 파헬을 기다렸다. 내전은 많은 과부와 고아를 만들고 사내들의 피가 강처럼 흐를 터다.

"제기랄."

파헬이 속이 쓰렸다. 위가 아파왔다. 신물이 목구멍까지 치솟았다. 그는 극심한 압박과 불안에 시달렸다. 그는 섬세한 감수성을 지녔기에 자신이 초래한 죽음을 외면하지 못했다.

"이야, 이게 누구야! 우리의 형제 기드윅이 아니신가!"

유릭이 싱글벙글 웃으며 외쳤다. 용병들의 입에서 사나운 욕설을 튀어나왔다.

"개 같은 새끼!"

"네가 우릴 배신해?"

"내 손으로 죽여주지!"

그나마 몸이 멀쩡한 용병들이 엎드린 기드윅을 걷어찼다. 집단 구타 속에서 기드윅이 흐느꼈다.

'나, 나는 그저 잘살고 싶었을 뿐이야.'

구타가 멈췄다. 기드윅이 고개를 들었다. 유릭이 용병을 제지하며 서 있었다.

"대, 대장! 살려주십쇼. 제, 제가 눈에 헛것이 들었나 봅니다! 살려만 주시면 뭐든 하겠습니다. 노예가 되어 용병단 뒷바라지도 할 테니……. 제발요."

기드윅은 유릭의 발을 붙잡으며 애걸복걸했다. 유릭은 서늘하게 기드윅을 내려다봤다.

"일단은 움직여야 하니까. 다들 준비해. 이동한다."

유릭이 도끼날을 들었다. 그는 어딜 손대야 인간이 움직이지 못하는지 안다. 도끼날로 기드윅의 발뒤꿈치를 가볍게 그었다.

뚜둑.

기드윅의 발뒤꿈치 힘줄이 끊어졌다. 기드윅이 극심한 통증에 몸을 웅크렸다.

"끄으으으어어어."

유릭이 기드윅을 잡아서 짐짝처럼 말 뒤에 묶었다.

"네 처우는 가서 생각해 보자고, 기드윅. 그 입에서 살고 싶다는 소리가 나오지 않게 해주지."

유릭의 경고에 기드윅은 오줌을 지렸다.

시체를 수습하고 정비할 시간도 없었다. 일행은 빠르게 말을 하나씩 잡아서 탔다. 부상자들도 응급처치만 했다.

안색이 안 좋은 용병이 몇몇 있었다. 바크만도 그중 하나였다.

"바크만."

유릭이 바크만 옆에 붙으며 말했다.

"출혈은 멈췄어. 괜찮아."

바크만이 그늘진 얼굴로 대답했다.

"목적지까지 얼마 남지 않았어. 힘내라고."

유릭이 담담하게 말하며 바크만을 스쳐 갔다. 그는 다른 용병들도 격려했다.

'피해가 크군.'

유릭은 살아남은 용병들을 바라봤다. 열 명도 되지 않는 인원이다. 이들 중에도 몇몇은 페르젠 군대와 합류하기 전에 죽을 터다.

또각, 또각.

일행은 쉬지 않고 이동했다. 기병대의 추격이 언제 따라붙을지 몰랐다. 그들은 말 위에서 먹고 자고를 반복했다.

털썩.

소리를 들은 유릭이 뒤를 돌아봤다. 바크만이 쓰러지며 낙마했다.

"제기랄."

유릭이 말에서 뛰어내리다시피 하며 바크만을 부축했다.

"괜찮아. 지친 것뿐이야."

바크만이 그리 말했지만 유릭의 눈동자는 묵직했다. 그는 수많은 전사의 죽음을 옆에서 지켜봤다. 누가 죽고 사는지는 빤히 보였다.

바크만의 얼굴에는 병색이 짙었다. 유릭은 망토 자락을 겹쳐 깔개를 만들어 말과 연결하곤 바크만을 그 위에 눕혔다.

"바크만, 가족들에게 남길 유언은 뭐라 전해줄까?"

유릭이 깔개에 누워 있는 바크만에게 물었다.

몇몇 용병은 자신의 죽음을 대비해 자신의 몫을 수령할 곳을 지정하기도 했다. 이번 건수는 그만큼 큰일이었기 때문이다.

"헛소리 마. 난 안 죽어."

"만약을 대비해서 하는 말이야."

유릭이 태연하게 대답했다.

"……유언 따윈 없어 돼. 나는 안 죽을 테니까."

바크만이 표독스레 말했다. 조금만 더 있으면 떵떵거리며 남부럽지 않게 살 수 있다. 평생 동안 염원하던 삶이 코앞에 있었다.

바크만이 깔개에 누운 채로 하늘을 바라봤다. 태양빛이 눈부시고 따뜻하다.

'아직은 아니야. 루여, 제발. 이건 아니잖아!'

바크만은 기도했다.

삐걱, 삐걱.

말들이 힘겹게 걸음을 옮겼다. 가까스로 룽겔 공작령에서 벗어났다. 유릭은 추격대가 따라오지 못하도록 물길과 산길을 여러 번 오갔다. 이틀이 지나도 아무 일이 없자 추격에서 벗어난 것이라 단정 지었다.

'허벅지의 상처가 썩고 있어.'

유릭은 바크만의 상처를 살폈다. 끈적끈적한 고름이 붕대에 묻어 나왔다. 지져 뒀던 상처가 덧났다. 애초에 불로 지지기에도 깊은 상처였다.

'상처가 허벅지 윗부분이라 잘라내지도 못해.'

팔다리 말단이라면 시도를 해보겠지만 허벅지 윗부분이 상처를 입었다. 자르려면 골반 밑까지 바짝 잘라야 한다. 거기까지 자르면 바크만이 살아 있을 리가 없다.

"게츠가 죽었어."

용병 하나가 유릭에게 보고했다. 가슴팍에 상처를 입었던 게츠가 죽었다. 깊은 상처를 입으면 살아남는 건 운에 맡겨야 한다. 상처가 썩으면 죽는 거고, 아물면 살아남는다.

"그래."

유릭이 고개를 나직이 끄덕였다. 용병들은 시체를 망토에 감싸서 말 뒤에 실었다. 장례식을 하려면 화장을 해야 하지만, 혹시 모를 상황에 대비해 그들은 큰불을 피우지 않았다. 화장은 연기가 많이 난다.

"출발할 때는 열이 넘었는데, 이제는 그 절반이로군."

유릭이 남은 용병들을 보며 말했다. 가장 표정이 어두운 건 파헬이었다.

'얼마 전까지 웃고 떠들던 이들이 죽고 있어.'

영원히 살아 움직일 것 같았던 이들이 싸늘하게 식어갔다.

'죽음이란 이토록 가까이 있었던 것인가?'

사람은 죽음을 잊고 산다. 죽음을 매일매일 응시하면 제정신으로 살아가지 못한다. 다들 죽음은 머나먼 것이라 생각하지만, 죽음은 언제나 사람들 가까이서 숨 쉬고 있었다.

"읍."

파헬이 입을 막았다. 그의 눈동자에는 핏발이 서 있었다. 푸른 눈동자가 무색할 정도로 붉은 핏줄이 다닥다닥 솟아 있었다.

"뭐라도 좀 먹어둬. 그렇게 토하다간 기력이 먼저 쇠할 거다."

유릭은 돌아다니며 용병들과 파헬을 챙겼다. 원래 용병 관리는 바크만의 역할이었지만 그 바크만이 쓰러진 상태다.

'제길.'

유릭도 입맛이 썼다. 바크만이 살긴 글렀다.

'바크만은 아직 자기가 죽을 거라 생각하지 않아.'

바크만은 여전히 고집을 부렸다. 음식을 꾸역꾸역 입안에 집어넣으며 일어날 거라 중얼거렸다.

"곧 나는 땅덩어리를 받을 거야. 땅 주인 바크만이 되는 거지. 거기서 저택도 짓고, 소작인들을 부려가며 떵떵거리며 살 거라고."

농경지는 용병이 얻어낼 수 있는 최고의 보수다. 영주의 땅을 빌리지 않고 자신의 땅을 가지고 농사를 짓는 것. 땅덩어리가 넓으면 소작인을 부려가며 지방 호족처럼 남작 행세도 할 수 있다.

"그래, 그래."

유릭이 잡탕죽을 끓여서 바크만 옆에 가져다 두며 대답했다. 건성인 게 누가 봐도 티가 났지만 정신이 혼미한 바크만은 알아채지 못했다.

'바크만의 장기인 총명함도 사라졌어.'

바크만은 유릭을 대신해서 용병들의 여론과 분위기를 살폈었다. 용병단을 관리하는 데 바크만의 역할이 컸다. 덕분에 유릭은 자질구레한 일은 접어두고 굵직한 일에만 집중할 수 있었다.

"바크만도 끝났군."

"나불거리던 입만큼 오래 살 줄 알았는데, 사람 앞길은 모르는 법이지."

용병들이 잡탕죽을 마시며 말했다. 그들은 동료의 죽음을 받아들이는 데 익숙했다.

'내가 살아서 다행이다.'

용병들의 뇌리에는 그런 생각이 더 컸다. 아무리 끈끈한 전우애가 있더라도 그들은 선을 긋고 사람을 사귀는 용병들이다. 정말 친하게 지낸 사이가 아니라면 덤덤할 뿐이었다.

용병단은 유릭이 병들어 쓰러졌을 때도 유릭을 걱정하기보다 다음 일을 먼저 생각했었다. 유릭의 형제들은 아무리 포장해도 진짜 형제가 아니었다.

'하지만 바크만은 내가 쓰러졌을 때도 이리저리 뛰어다녔지. 비록 자신의 이득 때문이긴 했지만.'

유릭이 바크만 옆에서 잡탕죽을 마셨다. 손가락으로 몇 없는 건더기를 건져서 으적으적 씹어 먹었다.

"어제보다 몸이 가벼운 것 같아. 분명 낫고 있는 거야."

바크만이 잡탕죽 그릇을 비우며 말했다. 그는 울렁이는 토기를 참으며 꿀꺽 삼켰다. 토하면 안 된다. 억지로라도 먹어야 낫는다.

'바크만은 한 번도 나를 배신하거나 내 이득에 반하는 행동을 한 적이 없어. 충실한 녀석이었지.'

유릭은 바크만을 대체할 인재가 없다는 걸 안다. 여러 가지로 입맛이 썼다.

"바크만, 그간 즐거웠어."

유릭이 그렇게 말하며 일어섰다.

"개소리하지 마. 낫고 있다고 말했잖아."

바크만이 없는 기력을 짜내며 말했다.

"받아들일 준비가 되면 나를 불러."

"유릭, 너는 나를 이렇게 취급하면 안 돼. 내가 너를 위해 얼마나 많은 일을 했는지 알잖아!"

바크만이 소리를 질렀다. 그의 눈동자가 유릭을 째려봤다.

"알아. 나는 널 위해 뭐든 해줄 거야. 내 능력이 닿는 일이라면 뭐든."

바크만의 찌푸린 얼굴이 무너져 내렸다. 절망에 빠진 얼굴이 울먹였다. 유릭은 바크만이 혼자만의 시간을 갖도록 내버려 뒀다.

밤이 깊었다. 체력이 약한 파헬이 가장 먼저 잠자리에 들었다.

파헬은 꿈을 꿨다. 동대륙을 발견하는 꿈이었다. 태양이 밝아오는 동쪽, 그곳에 있는 새로운 세계. 발견은 루가 부여한 사명. 그 아래에 깔린 죽음들도 루의 뜻.

'루여.'

파헬은 눈물을 흘렸다.

이것이 정말로 루의 뜻일까? 수많은 피를 흘려 왕좌에 올라서서 동대륙을 찾는 것이?

파헬은 처음으로 신앙에 의구심을 품었다. 루는 자애의 신이다. 그런 루가 파헬에게 부여한 운명은 잔혹했다. 전혀 자애롭지 않았다.

성직자를 만나고 싶었다. 뒤틀리는 신앙심을 바로잡아야 한다. 성직자라면 도움이 될 만한 조언을 해줄 터였다.

'시련과 시험이다. 의심치 말아야 해.'

파헬이 눈을 떴다. 그의 귓가에 낮은 신음이 들렸기 때문이다.

"음?"

파헬이 눈가를 훔치며 잠자리에서 일어섰다. 횃불 몇 개가 보였다.

'적?'

파헬은 화들짝 놀라 경계했지만, 곧 경계심을 지웠다. 저게 적이라면 불침번을 서는 용병들이 한참 전에 반응했을 터다.

'유릭?'

낯익은 등이 보였다. 유릭을 비롯해 용병들은 아직도 잠들지 않았다. 그들은 옹기종기 모여서 무언가를 하고 있었다.

"끄으읍. 읍."

신음이 들렸다. 파헬은 졸린 눈을 크게 떴다. 금방 잠이 달아났다.

"내가 말했지? 가죽을 벗긴다고. 농담으로 들었어? 그런 거야?"

장난기 어린 유릭의 목소리가 들렸다. 유릭은 투구에 담긴 물에 단도를 씻어냈다. 단도에 묻은 피와 지방질이 떨어져 나갔다.

"도대체…… 우웩."

파헬은 구토를 참지 못했다. 그는 보고 말았다.

'사람을 나무에 매달아…… 가죽을 벗기고 있어.'

배신자 기드윅이 나무에 대롱대롱 매달려 있었다. 그는 팔이 위로 묶인 채로 꼼짝하지 못했다. 옆구리는 군데군데 가죽이 벗겨져 분홍빛 속살이 드러났다. 재갈을 물렸는데도 끔찍한 신음이 귀신 울음처럼 새어 나왔다. 어찌나 고통스러웠는지 온몸의 핏줄이 터져 있었다.

"파헬? 일어났냐? 미안, 미안. 소리를 막는다고 막았는데 잠에서 깼나 보네."

단도를 씻던 유릭이 방긋 웃으며 말했다. 그의 얼굴에는 피가 드문드문 묻어 있었다.

"그, 그만둬, 유릭. 이건 사람이 할 짓이 아니야!"

파헬이 기드윅을 보며 외쳤다. 그런 생각을 한 사람은 파헬만이 아니었다. 용병 중에서도 사람의 가죽 벗기는 걸 보며 이맛살을 찌푸리는 이도 있었다. 단지 파헬과 다르게 반대는 하지 않았다.

'배신자는 저런 꼴을 당해도 싸지.'

용병들은 기드윅이 당하는 형벌을 똑똑히 지켜봤다. 괴로워하는 기드윅을 보며 마음의 안식을 얻었다. 배신자는 그에 걸맞은 대가를 치러야 한다. 벌이 없다면 누가 신뢰를 지키겠는가?

"이건 용병단 일이야, 파헬. 난 네 일에 참견하지 않잖아. 각자 맡은 역할이 있는 거지."

유릭이 씻어낸 단도를 들어 올리며 휘파람을 불었다. 휘파람 소리를 들은 기드윅이 온몸을 세차게 흔들었다.

"물길을 거스르는 연어처럼 몸을 흔드는군. 꼴좋구나, 기드윅."

나무에 기대 비스듬하게 누워 있는 바크만이 힘없이 웃으며 말했다. 그는 기드윅 때문에 죽는 거나 마찬가지였다. 기드윅을 보며 안쓰럽다는 생각은 하지도 않았다.

"하, 하지만 이건……."

파헬은 말문이 막혔다. 그가 말려도 통하지 않았다. 유릭은 자기가 할 일을 할 뿐이었다.

'내가 참견할 일은 아니야.'

파헬도 알고 있다. 그도 기드윅이 미웠다. 죽이고 싶도록 미웠다. 처형 기회를 넘겨준다면 주저 없이 기드윅의 목을 자를 자신이 있었다. 그를 따르던 호위기사 두 명의 얼굴이 아른아른했다.

'산 채로 가죽을 벗기고 있어.'

본능적인 거부감이 들었다.

"아직 멀었어. 봐봐."

유릭이 기드윅의 입에 물린 재갈을 풀었다.

"대, 대장. 제발 살려주십쇼. 제가 잘못했습니다. 제바아아발. 목숨만은…… 끅끄으윽. 제발. 제 사정을 아시지 않습니까. 저, 저는 고향에 가면 먹여 살려야 할…… 읍!"

유릭이 다시 기드윅의 입에 재갈을 물렸다. 그가 단도를 손아귀에서 이리저리 돌렸다. 손가락이 자유자재로 움직였고 단도가 재빠르게 공중으로 튕겨 나갔다.

캉.

유릭이 공중에 치솟은 단도를 멋지게 잡아챘다. 그가 기드윅 앞에 서며 파헬을 돌아봤다.

"파헬, 들었지? 아직도 이 새끼 입에서 살려달라는 소리가 나오잖아. 나는 이놈의 입에서 죽여달라는 소리가 나올 때까지 계속할 거야."

파헬이 다리를 벌벌 떨었다. 그도 유릭의 이중성은 알고 있었다. 친절하고 유쾌한 유릭이 있었고, 잔혹하고 폭력적인 유릭이 있었다. 하지만 오늘처럼 후자가 두드러진 적은 없었다. 경쾌함 따윈 일절 느껴지지 않았다. 저울추가 완전히 기울어졌다.

찌익.

산 채로 가죽을 벗기는 건 진귀한 볼거리다. 그 잔혹성을 참을 수 있다면 말이다. 용병들은 둘러앉아 기드윅이 피부라는 옷을 벗는 걸 지켜봤다.

촤악.

유릭은 종종 벗겨진 속살에 찬물을 뿌렸다. 기드윅이 그 때마다 몸부림치며 똥오줌을 지렸다. 그의 다리 밑으로 오물덩이가 고였다.

"눈깔은 가장 마지막에 후벼 팔 거야. 네 몸이 벗겨지는 걸 봐야 하니까."

유릭이 단도를 기드윅 동공 앞까지 가져가 세우며 말했다.

'이렇게 하는 거였나? 어깨너머로 본 거라 정확하진 않군.'

유릭이 골몰히 생각하다가 다음 작업을 이어갔다. 유릭도 사람 가죽을 직접 벗기는 건 이번이 처음이었다. 짐승 가죽을 벗기듯 해볼 뿐이었다.

사람 가죽 벗기기는 부족에서도 나이가 많고 존경받는 전사가 하는 일이었다. 보통은 부족장이 직접 행한다.

가죽 벗기기는 부족의 범죄자에게 가하는 일종의 형벌이자 본보기다. 공동체의 질서를 지키는 하나의 수단이기에 형벌은 끔찍할수록 좋다. 그래야 그걸 본 사람들이 공포에 떨며 죄를 저지르지 않는다. 단연코 가죽 벗기기는 가장 끔찍한 사형법이다.

푸확!

유릭의 단도가 기드윅의 혈관을 건드렸다. 핏물이 거세게 튀었다. 유릭의 얼굴은 피로 범벅이었다.

치이익.

유릭은 무덤덤하게 횃불로 기드윅의 상처를 지졌다. 과다출혈로 죽는 걸 막기 위해서였다.

"제법 근성이 있는걸? 아직도 죽지 않고 버티고 있잖아. 기드윅, 그런 근성을 좋은 방향으로 발휘했으면 이런 일이 없었잖아. ……이 개새끼야."

마지막 말에는 유릭의 분노가 담겨 있었다. 가끔씩 드러내는 위협이 더 무서운 법이었다.

기드윅이 온몸을 빌빌 꼬았다. 바람이 불 때마다 온몸이 쓰려서 미칠 것만 같았다.

"너는 죽어서도 윤회하지 못해. 악귀로 떠돌아 죽겠지."

"자애로운 루도 너 같은 새끼는 받아주지 않아."

용병들이 기드윅을 향해 악담을 퍼부었다. 기드윅은 누더기 인형처럼 피부가 덕지덕지 벗겨진 상태였다.

뜨득.

아직도 고통은 끝이 아니었다. 유릭은 기드윅의 손톱 밑에 단도를 집어넣었다. 단도를 지렛대처럼 이용해 손톱을 들어 올렸다. 분리된 손톱이 땅바닥에 떨어졌다.

"으, 우으아아읍!"

재갈 너머로 신음이 흘러나왔다. 핏물이 얼굴에서 뚝뚝 떨어졌다.

유릭은 잠시 기다렸다가 기드윅의 재갈을 풀었다.

"주, 죽여줘. 부탁이야. 그냥 죽이라고오오오! 이 짐승만도 못한 야만인 새끼야. 크흐으그윽."

기드윅이 마침내 삶을 포기했다. 살아서 겪기에는 끔찍한 고통이었다. 어차피 죽을 거라면 조금이라도 더 빨리 죽고 싶었다. 기드윅은 자신의 살가죽이 바닥에 떨어진 걸 바라봤다. 동공이 쉼 없이 떨렸다.

"그 말을 기다렸어."

유릭이 고개를 끄덕였다. 그는 기드윅의 입에 재갈을 다시 물렸다.

"으으읍!"

기드윅이 눈을 크게 떴다. 그는 유릭의 의도를 알아챘다.

기드윅에게 안식은 없었다. 유릭은 기드윅을 죽이지 않았다. 밤을 새워서 기드윅의 살가죽을 모두 벗겼고, 두 눈과 혓

바닥은 단도로 조심스레 도려냈다.

용병들은 꼼짝달싹도 못 하는 기드윅을 산짐승들의 먹이로 버려두곤 출발했다.

기드윅은 보지도 말하지도 못했다. 용병들이 떠나가고 낯선 기척이 느껴졌다. 짐승의 누린내가 코끝에서 났다. 피 냄새를 맡고 온 들개 무리였다.

"컹."

짖는 소리를 들은 기드윅은 기도했다.

'루여.'

…남은 건 들개가 먹다 남긴 잔해뿐.

Chapter 6

바크만은 침대에 누워 있었다. 생명의 불이 꺼져 가고 있다. 죽음이 바크만의 피부를 훑고 지나갔다.

부르르.

바크만이 몸을 길게 떨었다. 그의 눈가는 어두웠고 눈동자는 종종 초점을 잃었다. 손끝과 발끝 같은 말단부터 감각이 둔해졌다.

"나는……."

바크만이 죽음의 악취를 내뿜으며 입을 뗐다. 그의 허벅지는 검게 썩어갔다.

"남들 부럽지 않게 살고 싶었어. 평생 물고기나 낚으면서 살긴 싫었다고. 아무리 노력해 봤자, 입에 풀칠하기도 급급한 인생에 무슨 의미가 있단 말이야? 안 그래?"

바크만 옆에는 유릭이 앉아 있었고 그 뒤로는 파헬이 서 있었다. 그들은 이제 안전했다.

추격을 떨친 파헬 일행은 바스컬링 공작령에 도착했다. 바스컬링 공작령은 페르젠 장군 통제 아래에 있었다. 바스컬링 공작은 순순히 바르카 아누 포를카나에게 충성을 맹세했다.

룽겔 공작이 중립 선언을 했다. 이제는 누가 이길지 모르기에 바르카 왕자에게 붙는 것도 나쁜 선택이 아니었다. 실제로도 많은 지방 영주가 자신의 군세를 이끌고 왕자 진영에 합류했다.

"바크만, 성직자를 불러왔어. 밖에 기다리고 있으니까, 언제든 말해."

파헬이 말했다. 그의 눈썹이 우울하게 내려가 있었다.

"잘 가라, 바크만."

"나중에 다시 보자고. 내 아들로 태어날 수도 있잖아? 안 그래?"

"루가 너를 기다리고 있을 거야."

바크만과 친하게 지낸 용병들이 하나둘씩 들어오며 작별의 말을 건넸다. 바크만은 창백한 웃음을 흘리며 마지막을 준비했다.

"이제 준비가 됐어. 얼마 남지 않은 것 같아. 숨이 막혀오고, 몸도 떨려. 꽤 많이 아파……."

바크만이 몸을 크게 들썩였다. 신음이 흘러나왔다.

바크만은 죽음을 받아들였다. 이젠 방법이 없다는 걸 알았다. 체념하듯 성직자와 마주했다.

"루께서 당신을 기다리고 계실 겁니다. 바크만, 전사로 살아간 사내여."

성직자가 바크만을 보며 말했다.

"전사의 삶이라고 칭하기에는 부끄러운 인생이었어. 그저 편하게 살고 싶어서 발버둥 쳤을 뿐이야."

바크만이 키득키득 웃으며 대답했다. 성직자가 머쓱한지 잠시 침묵했다.

"마지막으로 고하고 싶은 죄가 있으면 저한테 털어내시지요. 제가 그대의 죄를 짊어지고 가겠습니다."

유릭과 파헬이 방을 잠시 나갔다. 성직자와 바크만 둘만 남아 있었다. 바크만은 기억나는 모든 죄를 고했다. 자질구레한 것까지 전부 성직자에게 떠넘겼다. 영혼마저 가벼워진 기분이었다. 루의 곁까지 한걸음에 도착할 것만 같았다.

"이야, 얼굴이 좋아졌는데? 이러다가 갑자기 나아버리는 거 아니야? 작별 인사한 놈들이 무안해지겠는데?"

유릭이 다시 방으로 들어오며 말했다. 죄를 고백한 바크만의 얼굴은 편안해 보였다.

"그게 곧 죽을 사람에게 할 말이냐? 천벌 받을 거다, 이 새끼야. 제기랄."

바크만이 웃다가 가슴이 아파 신음을 흘렸다. 그는 숨쉬기 조차 힘들었다. 숨이 꺼억꺼억 하며 넘어갈 듯이 거칠었다.

"힘들면 말해. 고통 없이 보내줄 테니까."

유릭이 탁자 위로 강철도끼를 올리며 말했다. 그걸 본 성직자가 이맛살을 찌푸렸다.

"사제님, 제가 죽으면 언제 윤회할 것 같습니까?"

바크만이 성직자에게 물었다.

"그건 루만이 알 겁니다. 영혼이 정화되는 시간은 다들 다르니까요."

"그럼 저는 엄청 오래 걸리겠군요. 돈을 받고 사람을 죽이고 다닌 놈이니까."

성직자는 무언으로 긍정했다.

시간이 조용히 지났다. 성직자조차 꾸벅꾸벅 졸았다. 유릭도 눈을 반쯤 감으며 길게 하품했다.

꾸욱.

바크만이 유릭의 손을 잡아당겼다. 유릭은 눈을 번쩍 떴다. 바크만의 몸이 크게 들썩였다. 그가 숨을 쉬기가 힘든지 입을 크게 벌렸다.

"꺼, 꺽, 다음 생에는, 꺽. 돈 많은…… 귀족으로 태어났으면 좋겠… 네. 꺽꺽."

바크만이 말했다. 그게 그의 유언이었다. 요동치던 바크만의 몸이 천천히 가라앉았다.

"나중에 다시 만나자, 바크만."

유릭이 죽은 바크만의 손을 떨치며 일어섰다.

내전의 열기는 포를카나 왕국 전체로 퍼져 나갔다. 출세를 노리는 지방 영주들과 영지 없는 귀족들까지 사병을 이끌고 각 진영으로 모여들었다. 각 진영의 군세는 4,000명을 훌쩍 넘겼다.

포를카나 왕국이 전면전에서 소집 가능한 총병력이 1만가량인 걸 생각하면 군사력의 대부분을 이번 내전에 쏟고 있었다. 제국 통치로 평화기가 아니었다면 주변 왕국에게 침략당해도 할 말이 없는 대규모 내전이다.

하르마티 공작은 세베르 공작과 공동전선을 펼쳤고, 그 밑에는 지방 영주들이 하르마티 공작을 지지했다. 왕궁 근위대 중 일부도 하르마티 공작에게 합류했다는 소문이 있었다.

"근위대가 반란군에 합류하다니, 배은망덕한 놈들!"

필리온이 분노했다.

"소문일 뿐이야, 필리온 경."

파헬의 군대는 제국군과 바스컬링 공작의 군대가 주축이었다. 바스컬링 공작은 적극적으로 파헬에게 협력했다.

'여기서 바르카 왕자를 도와 내전에서 승리한다면 중신이 될 수 있어.'

바스컬링 공작은 자신의 군대를 순순히 내어놓았다. 검귀 페르젠과 힘겹게 싸워 소모전을 펼쳐 봤자 하르마티 공작이 고생했다며 포상을 내릴 리가 없었다. 귀족들은 각자의 셈대로 움직일 뿐이다. 충성 맹세 따윈 한낱 말장난에 불과했다.

"룽겔 공작의 동맹을 얻었으면 승기를 잡았을 테지만 중립 선언만으로도 충분합니다. 적어도 동률을 유지했으니까요. 홋홋."

페르젠이 지도 위에 장기말을 놓으며 말했다. 각각의 군대를 상징하는 장기말이었다.

"내전이 길어지는 건 누구도 바라지 않을 겁니다. 저도, 하르마티 공작도요. 내전이 길어지면 누가 승리하든 뒷수습이 힘들어지죠. 이렇게 군대를 과잉 소집한 상태로 한겨울까지 보내면 왕국 전체의 재정이 파탄 날 겁니다."

파헬이 말했다. 다른 지휘관들도 고개를 끄덕였다. 길어야 두어 달 정도가 소집 기간의 한계다. 그 이후에는 탈영병이 급증하고 철수하는 귀족도 많아질 터다.

"아마 하르마티 공작은 용병단을 고용할 겁니다. 이미 내전

소식을 듣고 왕국에 몰려든 용병단이 제법 있죠. 우리도 추가로 용병단을 고용하는 게 좋을 겁니다."

제국기사가 말했다.

"용병을 또 고용해? 우리만으로 부족하단 말이야?"

유릭이 웃으며 툴툴거렸다.

"그게 아니란 걸 알잖아. 병사 하나도 아쉬운 상황이야. 만약에라도 내전이 길어지면, 그때는 정말로 용병으로 병력을 채워야 한다고."

파헬이 말했다. 그는 내전 기간에도 배움을 쉬지 않았다. 지휘관으로서의 자질을 갖추기 위해 계속 공부했다.

'나 때문에 사람들이 죽고 있어. 조금이라도 죽는 사람을 줄이려면 내전을 최대한 빨리 끝내야 돼.'

파헬은 사명감을 느꼈다. 책임감이 무겁게 그의 어깨를 짓눌렀다.

용병은 전쟁을 찾아다니는 짐승이다. 그들의 가장 큰 사업은 전쟁이다. 국가 간의 전면전이 사라진 시대에서는 왕위 계승 내전이 가장 큰 먹잇감이었다. 수백 명의 병력을 보유한 유명한 용병단들이 하르마티 진영과 왕자 진영으로 사절을 보냈다.

'재미있군.'

유릭이 한 발자국 물러나서 내전의 흐름을 지켜봤다. 그는 기껏해야 용병 부대를 이끄는 야전 지휘관 역할이다. 이런 정치와 전략 회의에서는 끼어들 여지가 없었다.

'이게 문명세계에서의 전쟁인가.'

규모가 컸다. 많아봐야 수백 명이 뒤엉켜 싸우는 부족 전쟁과는 달랐다. 지휘관이 세우는 전략의 덩어리는 큼지막했다. 병과도 크게는 기병, 보병, 궁수. 작게 나누면 그보다 훨씬 많았다. 같은 기병이라도 무장 상태에 따라 역할이 다르다.

유릭은 많은 걸 배웠다. 문명세계의 전략과 전술, 그들의 전쟁 방식과 병력 운용.

"용병대장 유릭, 자네는 할 말이 없나?"

페르젠이 눈을 가늘게 뜨며 물었다. 백안이 섬뜩했다.

"별로."

유릭이 대답했다. 유릭의 눈동자도 날카로웠다. 그는 페르젠을 경계했다.

"이젠 호위가 아니라 전쟁이지. 오십도 남지 않은 용병단이 뭘 할 수 있겠어? 이 자리에 어울리기나 해?"

회의에 참석한 귀족 하나가 그렇게 말했다. 그는 병사 이백 명을 끌고 참전한 백작이었다.

"그 말이 맞아. 이 정도 규모의 전쟁에서 내가 할 수 있는 일은 없지."

유릭이 순순히 인정하며 고개를 끄덕였다. 오히려 백작이 무안한 듯 헛기침을 했다.

'저게 그릇의 차이지.'

페르젠이 웃었다. 그는 유릭을 높게 평가했다.

'야만인과 전쟁이 한창이던 시기라면 제국의 무서운 적이 되었을 사내다. 북부 용자 미요른처럼.'

생각하던 페르젠이 다시 지도를 바라보며 군사를 배치했다. 페르젠이 각 부대의 위치를 지정했다.

"우리 제국군이 중앙을 맡습니다. 왕자께서 이 노장에게 지휘권을 일임하셨으니, 따라주시길 바랍니다. 홋홋."

그 이름 높은 검귀의 말이다. 그 누구도 반박하지 못했다. 유릭만이 잠시 의아한 듯 가까이 다가왔다.

"제국군이 담당하는 부분이 너무 넓은 거 아니야, 영감? 병력의 층이 다른 부대보다 훨씬 얇잖아."

유릭이 말했다.

"네가 뭘 안다고 지껄이는 거냐. 페르젠 장군께 말조심해라."

제국기사가 옆에서 말했다. 유릭은 제국기사의 말을 한 귀로 흘렸다.

"제국군은 왕국군보다 강하네. 두 배의 병력도 충분히 상대할 수 있지."

페르젠이 단언하며 말했다. 왕국군을 무시하는 말이었다.

하지만 아무도 반박하지 못했다. 그건 사실이었다.

제국군과 왕국군은 훈련의 질은 물론이고 편제의 효율성부터가 달랐다.

제국군은 같은 병과끼리 묶인 부대를 여러 단위로 쪼개서 운용하며 군대가 한 몸인 것처럼 움직였다. 하지만 왕국군의 편제 단위는 영지 단위다. 특정 영지에서 소집된 병사들이 병과와 무장 수준과 상관없이 하나의 부대로 묶인다. 영주의 깃발 아래에서 제각각 싸울 뿐이었다.

'제국은 제1보병대, 제2보병대 이런 식으로 부대가 편제되지만 왕국은 무슨 무슨 백작 군대라는 이름으로 부대가 나뉘지.'

왕국도 어쩔 수 없이 필요에 따라 궁수나 기병만은 따로 징발해서 편제하지만 그마저도 다른 지역 출신의 생판 남들이 모인 병사들이라 손발이 맞지 않았다.

"뭐, 그럴 만도 하군."

유릭이 페르젠의 설명을 대충 알아먹으며 대답했다.

왕국 귀족들에게는 굴욕적인 설명이었다. 하지만 이런 단점을 알면서도 왕국 귀족들은 자신의 군대를 남에게 맡기지 않는다. 군사력은 곧 자치권이며 발언권이다. 주군에게 군사력이 넘어가면 제국처럼 황제가 모든 권력을 잡은 중앙집권 국가가 된다.

'지루하군. 이럴 때 바크만이라도 있으면 덜 심심했을 텐데.'

유릭은 종종 바크만을 생각했다. 그가 그리웠다. 생각 이상으로 빈자리가 컸다.

바스컬링 공작령에 처박힌 채로 보름이 지났다. 양측의 군대는 병력을 모으며 선불리 움직이지 않았다. 그들은 서로 사절을 보내서 결전 장소를 협의했다. 양쪽 수뇌부의 치열한 다툼 끝에 전장을 확정 지었다.

약속해서 전투를 한다. 웃기는 이야기였지만 내전이 전국으로 확산되며 땅따먹기 소모전이 되는 것보단 나았다. 더군다나 뱀 같은 룽겔 공작이 중립을 핑계로 세력을 나날이 불리고 있었다.

“발드릭 평원.”

양측이 모두 공정하다고 판단한 전장이었다. 날짜도 확정했다.

이틀 후, 각 진영에서 군대가 출정했다.

발드릭 평원으로 향하는 행군은 길었다. 기사들은 위풍당당했고, 병사들은 공을 세울 생각에 들떠 있었으며, 처자식을 놔두고 온 징집병의 걸음걸이는 노곤했다.

유릭의 형제들도 행렬 중간에 끼어 있었다.

"검귀 페르젠은 확실히 이상한 사람이네. 여러 의미로 범상치 않지."

스벤이 말했다. 유릭은 그 옆에 있었다.

"검귀는 눈치가 빠른 영감이야. 별다른 낌새는 없었어?"

유릭이 행렬 앞쪽에 있는 페르젠의 등을 쳐다봤다. 말을 탄 페르젠은 일흔이 넘은 나이에도 꼿꼿하게 등을 세우고 있었다.

"도노반과 몇 번의 만남을 가지더군."

"도노반과? 그거 좀 불안한 소식인걸."

유릭이 웃었다.

"도노반에게 물어보니 검귀가 자네에 대해 이런저런 질문을 했다고 하네. 다른 건 몰라도 검귀가 자네에게 관심이 많은 건 확실하지. 그리고……."

"그리고?"

"나와도 술자리를 권하더군. 좋은 술이 있다면서 말이지."

스벤이 입맛을 다시며 말했다.

"어땠어?"

"맛이 좋더군. 북부식 꿀술이었어. 도대체 얼마 만에 맛보는 꿀술인지…… 아주 맛이 좋았어. 아주 말이야! 향신료도 듬뿍 넣어서 마시는 순간 입안에서 불이 나는 것 같더군!"

스벤이 어깨를 좌우로 들썩이며 말했다. 그의 콧수염이 콧

김으로 씰룩였다.

"술맛 말고, 페르젠의 반응 말이야."

유릭이 시큰둥하게 말했다.

"흠, 흠. 내게는 자네에 대해 묻지 않았어. 오히려 이상한 걸 물었어. 북부의 신 '울가로'에 대해서 궁금해하더군."

울가로, 그 이름은 유릭도 몇 번인가 들었다. 북부인들이 자주 울부짖는 이름이었다.

"울가로는 신이 아니라 사람의 이름이잖아."

유릭이 말했다. 북부인들은 울가로를 '시조'라고 칭했다.

"북부인의 조상이자 신인 거지. 머나먼 옛날, 태초의 인간 울가로와 그 씨족들이 북부의 땅에 도착했네. 북부에는 얼음 비늘로 뒤덮인 용들이 살고 있었지."

"용? 그 비취 조각상의 그거?"

유릭이 기억을 떠올리며 말했다. 스벤이 고개를 저었다.

"그것과는 조금 다르네. 그건 동대륙의 용이지. 북부의 용이 아니야. 북부의 용은 울가로의 씨족이 자리를 잡는 걸 거부했지. 울가로는 몹시 화가 났어. 그래서 용들을 죽이고 그 자리에 북부인의 터전을 잡았지. 우리 북부인은 용을 죽인 자의 후손들이네."

스벤이 자랑스레 말했다.

"태초의 인간 울가로는 어디에서 온 건데?"

"하늘과 땅이 교접해서 태어났지."

"상상도 안 가는걸."

"그러니까 태초의 인간이자 신인 거네. 울가로는 용과의 싸움으로 깊은 상처를 입었지. 그는 검의 언덕이라는 정원을 창조하고 그 안에서 휴식을 취하고 있네. 언젠가 울가로가 상처를 떨쳐 내는 날, 검의 언덕으로 올라간 전사들도 함께 내려올 걸세. 새로운 피와 살을 얻어서."

"뭐? 다시 살아난다고?"

유릭이 눈을 크게 떴다. 그가 스벤을 정면으로 바라봤다.

"불구가 된 자는 팔다리가 자라나고, 노쇠한 자는 젊음을 되찾으며, 모든 전사는 울가로가 직접 얼음을 쪼개 제련한 한철(寒鐵) 무기로 무장할 걸세. 우리에게 죽음은 단지 휴식이네. 끝이 아니지. 쿨럭."

스벤이 말을 하다가 기침을 했다. 그는 물을 깊게 마시며 끓는 가래를 삼켰다.

"다시 살아나……?"

유릭이 고개를 삐딱하게 기울이며 생각했다.

태양신 루는 윤회를 약속한다. 하지만 윤회를 하면 모든 기억이 사라진다. 그게 죽음과 무엇이 다를까? 강건한 육체와 생전의 기억을 모두 약속한 울가로는 매력적인 신이었다.

"내가 말했지 않나, 울가로는 전사의 신이네."

스벤은 물이 묻은 수염을 털며 말했다.

"진작 말해주지 그랬어?"

"자넨 오래전에 태양신 루에게 귀의했지. 나는 루를 싫어하지만 분명 태양교는 북부의 신을 인정하네. 나도 태양신을 인정할 수밖에 없지. 거기다 자네는 북부인이 아니니까."

"북부인이 아니면 검의 언덕에 가지 못해?"

"북부인이 아닌 자가 울가로를 믿는다는 건 상상도 해본 적이 없네."

"지금 구미가 당겼어. 태양신 루를 버리고 그쪽으로 가고 싶어졌는걸."

유릭이 말하자 스벤이 고개를 저었다.

"그게 어떤 신이든, 자신의 신을 배반하는 건 좋은 일이 아니네. 신의 분노는 매섭지. 불행이 닥칠 걸세."

스벤은 신을 존중한다. 싫든 좋든 태양신 루도 존중해야 할 신이다.

"오오, 발드릭 평원이다."

병사들이 웅성거렸다. 기대와 두려움이 뒤섞인 말이었다.

발드릭 평원에 가까워지자 주변 지형이 평탄해졌다. 전쟁을 벌이기에 좋은 땅이다. 지형지물의 영향이 적었고 말들이 달리기에도 좋았다.

"유릭, 룽겔 공작령의 일에 대해서는 들었네. 조의를 표하지."

검귀 페르젠이 말을 몰아서 유릭에게 다가왔다. 유릭은 측근인 바크만을 잃었다. 신뢰하는 부관을 잃은 거나 마찬가지다.

"조의를 할 것까지야……. 싸우다가 죽는 게 전사의 일생이지. 안 그래?"

유릭이 어깨를 으쓱하며 대답했다. 페르젠이 웃었다.

"홋홋, 그렇지. 자네 말이 맞네, 유릭. 싸우다 죽는 게 전사의 삶이지. 나는 지나치게 오래 살았어."

페르젠이 평원을 바라봤다. 백안으로 보이는 평원은 흐렸다. 병사들이 덩어리처럼 뭉쳐서 보였다. 그는 챙이 넓은 모자를 꾸욱 누르며 쓴웃음을 지었다.

'이토록 낯익은 전장이 보이지도 않는구나.'

페르젠은 다시 유릭을 바라봤다.

"이번 전투에서 공을 세워보지 않겠나?"

"공?"

"내가 알기론 용병단의 지휘는 실질적으로 도노반이 맡는다고 하더군."

유릭이 이맛살을 찌푸렸다.

"누가 그래?"

"도노반이."

"사실 틀린 말은 아니지."

유릭이 언제 인상을 찌푸렸냐는 듯이 웃었다. 도노반이 지휘를 맡는 건 사실이었다.

"이번 전투에서 내 옆에 서게! 같이 하르마티 공작의 목을 따러 가지. 어떤가?"

페르젠의 목소리가 커졌다. 주변이 소란스러웠기 때문이다.

각 영주가 자신의 부대를 향해 연설을 하며 사기를 높였다. 평원 끝자락에서 병사들의 함성이 퍼졌다.

"그거 좋군. 하르마티 공작의 목을 딴다니, 마음에 들어."

"전투가 시작되면 말을 타고 선두로 오게! 기다리고 있겠네!"

"검귀 영감, 그 나이 먹고 선봉에 서는 거야?"

"기사에게 그것 말고 무슨 의미가 있겠나! 우호홋!"

페르젠이 높게 웃으며 말고삐를 크게 잡아당겼다. 그가 다시 기사들이 있는 선두로 향했다.

군대는 평원 끝에서 야영지를 건설했다. 공병들이 바삐 움직이고, 천막마다 요리를 하느라 냄비 끓는 소리가 났다.

휴식과 식사를 마친 귀족들은 말을 타고 지휘 천막으로 향했다.

"반란군도 도착했다고 합니다. 정찰병의 보고입니다."

"말하지 않아도 보이네. 저쪽에서도 연기가 피어오르는군."

전투는 아마도 내일 정오, 해가 가장 높게 뜨는 시간. 태양신 루의 가호를 받으며 싸울 터다.

사람들은 더 정의로운 쪽을 태양신이 도와주리라 믿었다. 패배도 승리도 결국 루의 뜻. 인간은 그저 최선을 다할 뿐이다.

약속이라도 한 듯이 양측의 군대에서 사절이 몇 차례 오갔다. 적이라고 믿기지 않을 정도의 격식이었다. 뒤로는 온갖 추악한 짓을 다 하더라도, 적어도 격을 갖춘 자리에서는 귀족다운 명예를 추구했다.

약속의 시간이 왔다. 정오가 얼마 남지 않았다. 두 군대가 평원 양 끝에서 모습을 드러냈다. 귀족들의 깃발이 높게 펄럭였다.

따각, 따각.

하르마티 공작과 파헬은 말을 타고 두 진영의 절충 지점까지 이동했다. 단 두 사람만의 회동이었다. 호위 따윈 없었다.

"저거 위험하지 않아? 파헬은 싸움에 약하다고."

유릭이 말하자 페르젠이 고개를 저었다.

"만약 저기서 하르마티 공작이 바르카 왕자를 베었다간 귀족사회에서 매장되네. 모두가 지켜보고 있지. 비겁한 수를 쓰진 못하네. 그게 귀족의 명예라는 거지. 훗훗."

페르젠이 걱정 말라는 듯이 말했다.

'하기야 파헬 걱정에 밤낮이 없는 필리온도 가만히 있으니까.'

유릭도 킬리오스의 고삐를 잡으며 두 사람의 회동을 멀리서 지켜봤다.

귀족과 지휘관들이 자신들의 병사를 향해 뭐라 외치며 사기를 높이고 있었다. 왕국의 운명을 건 전투가 곧 시작될 것이다.

"숙부, 아직 늦지 않았습니다. 피를 더 이상 흘릴 필요는 없죠. 이대로 하르마티 공작령으로 돌아가신다면 봉토를 회수하는 정도로 끝내겠습니다."

파헬이 말했다. 그는 하르마티 공작을 정면으로 쳐다봤다.

"그건 제가 할 말입니다, 조카님. 아직 조카님은 왕국을 다스릴 능력이 되지 않습니다. 이 숙부에게 오 년만 맡기시죠. 강한 포를카나를 만들어서 돌려드리겠습니다. 제국처럼 강력한 왕권을 가진 나라 말이죠."

하르마티 공작의 입술이 씰룩였다. 그는 분노와 증오를 삭이고 있었다.

'이 멍청한 조카가 내 앞길에 걸림돌이 될 줄이야.'

바르카 아누 포를카나 왕자. 그는 적통 후계자였으나 어리석고 무능했었다. 그가 하르마티 공작의 손아귀에서 벗어나 제국의 지지를 얻어오리라 누가 상상했을까?

하르마티 공작이 주먹을 으스러져라 쥐었다.

'당장이라도 저 반반한 얼굴을 베어내면 내전이 끝나는 것을.'

하지만 그러지 못한다. 사방에서 왕국의 귀족과 기사들이 지켜보고 있다. 명예란 때론 거추장스럽다.

"추악한 야욕을 그럴싸하게 포장하지 마십쇼, 숙부."

"……나는 강한 왕이 될 거다, 바르카. 너 따윈 상상도 못 할 만큼 강한 왕이 되겠지. 지금 네가 무슨 짓을 하고 있는지 알기나 하는 거냐? 넌 나약해! 강한 왕이 되지 못하고 이리저리 휘둘리겠지! 왕권의 위엄조차 흐지부지해지고 룽겔 공작 같은 놈들이 네 몸에 실을 엮어 멋대로 조종하려 들 터다! 네 가슴에 대고 물어봐라! 네게 왕의 자격이 있는지 말이야!"

하르마티 공작이 웅어리를 토했다. 그가 숨을 씩씩 들이마시며 어깨를 들썩였다.

"반란의 변명이 조악하군요."

파헬이 차갑게 눈을 떴다. 푸른 안광이 선명했다.

'이젠 돌이킬 수 없어. 어떤 정의도 이유도 무의미하다.'

파헬은 가슴이 아팠다. 조금만 더 현명했더라면, 약간의 용기라도 더 있었다면 이런 최악의 상황까지 오지 않았을 수도 있었다.

"어차피 말이 통할 거라 생각하진 않았다. 검귀 페르젠의 전설도 오늘 막을 내리겠지."

하르마티 공작이 작게 고개를 끄덕였다. 파헬도 똑같이 인사를 하곤 말머리를 돌렸다.

"아, 참."

하르마티 공작이 고개만 뒤로 돌리며 말했다. 파헬이 움찔했다.

"제게 유언이라도 남기실 겁니까? 숙부?"

"농이 늘었군요, 조카님. 단지 이 말을 전해주고 싶었습니다. 다미아 공주도 조카님을 걱정하며 안부를 묻더군요."

"…저도 늘 누님을 걱정하고 있습니다."

파헬이 말고삐를 잡아당겼다. 그가 자신의 군대와 합류했다. 하르마티 공작도 자신의 진영으로 돌아갔다.

하늘은 맑았다. 태양신 루가 눈을 크게 떴다. 햇살이 은총처럼 전장을 비췄다. 태양신 루는 때론 영혼을 수확하는 사신이기도 했다.

뿌- 우우우우-!!

뿔나팔 소리가 길게 뻗어 나갔다.

둥, 둥, 둥.

일정한 간격으로 북소리가 퍼졌다. 북소리의 간격에 따라 병사들이 걷는다.

"야, 야이야이야! 오우! 오우!"

병사들이 일정 간격으로 고함을 지르며 북소리를 따라 했다. 병사들의 고함이 전장을 가득 채웠다. 사기가 낮은 징집병도 고양감을 느낄 정도였다.

군대가 움직이자 평원에서 먼지가 일었다.

“잘 따라오게, 유릭. 전쟁이 무엇인지 보여주지. 홋홋!”

시끄러운 전열 틈에서 페르젠이 말했다. 유릭과 페르젠은 가장 선두에 서 있었다.

“하, 잘난 척하긴. 우린 그저 하르마티 공작의 목만 따면 되잖아!”

유릭은 목을 좌우로 비틀며 이를 드러냈다. 가죽 마갑을 착용한 킬리오스가 땅을 말굽으로 헤집으며 달려갈 준비를 했다.

“그런데 말이네, 유릭.”

“엉?”

“북부도 남부도 아니면, 도대체 자네는 어디서 온 걸까? 이랴!”

페르젠의 백안이 투구 속에서 번들거렸다. 그 눈으로 앞이 제대로 보이기라도 하는 걸까? 페르젠이 그 말만 하곤 먼저 달려 나갔다.

유릭이 페르젠의 뒤를 쫓았다.

‘지금 그런 말을 하는 의도가 뭐야? 드디어 영감이 미쳐 버렸나?’

유릭은 그런 생각이 먼저 들었다. 그리고 그는 곧 확신했다. 검귀 페르젠은 미친 영감이 맞다고!

페르젠은 다른 부대와 속도를 맞추지도 않았다. 그는 속도를 줄이지도 않고 하르마티 진영으로 돌격했다. 기사들이 절벽으로 떨어지는 쥐새끼처럼 우르르 페르젠을 따라갔다.

"우오오아아아-!!"

페르젠과 기사들이 돌격한다. 그 수는 30여 기. 그들이 송곳처럼 하르마티 진영을 찔러 들어갔다.

푸- 욱!

기사들의 기병창이 징집병들을 줄줄이 꿰었다. 한 번에 두 명의 징집병을 관통한 기병창도 있었다. 말의 힘을 더한 기병창 돌격은 무지막지한 돌파력을 지녔다.

"히이이익!"

하르마티 진영의 전열은 징집병이 대다수였다. 그들은 먼저 죽으라고 내몰린 병사들이었다. 피아의 구분은 팔뚝의 녹색 완장이 전부였다. 그마저도 혼란한 상황에선 식별이 힘들어 아군끼리 죽이는 경우도 다반사였다.

'질이 형편없이 떨어지는군. 이것도 전사라고 전장에 내보내는 건가?'

유릭이 기사들의 뒤를 따르며 흩어지는 징집병을 바라봤다. 페르젠과 기사들은 적들 사이에 고립되었지만 그 주변을 포위한 건 징집병인지라 기사들을 보자마자 도망가기 바빴다.

'미친 짓인 줄 알았는데, 다 계산된 돌격이었어. 제국기사의

기량을 검귀 영감은 잘 알고 있던 거지.'

제국기사의 위용은 남달랐다. 전신판금을 입은 기사들은 징집병 상대로 무적이나 다름없었다. 농기구를 개조한 무기들은 기사의 판금갑옷을 뚫지 못했다. 일방적인 학살이었다.

"호오오오오!"

페르젠이 높게 고함을 질렀다. 제국기사들의 돌격이 인파에 가로막혔다. 제국기사들이 말 위에서 응전했다. 몇몇 제국기사는 땅에 내려와서 징집병들을 도륙했다. 안 그래도 무적의 판금갑옷을 입은 제국기사들인데, 서로서로 등을 맞대며 빈틈조차 내보이지 않았다.

'아직까지 제국기사는 한 명도 쓰러지지 않았다.'

유릭이 강철도끼를 좌우로 교차하듯 휘두르며 앞으로 나아갔다. 같은 편이 된 제국기사는 그 누구보다 든든했다. 쓰러지지 않는 강철의 벽이 유릭을 지켜주는 듯했다.

'아군이니까 강철의 벽이지, 적이라고 생각하면 끔찍한 놈들이군.'

유릭은 제국기사가 적이라는 가정을 몇 번이나 했었다.

적이 된다면 이들을 어떻게 상대해야 할까?

일대일이라면 어떻게든 해치울 수 있다. 아무리 판금갑옷이라도 빈틈 정돈 있었다.

'하지만 전쟁 같은 단체전에서 그런 약점을 일일이 공략하

는 건 불가능해.'

유릭의 등골에 소름이 돋았다. 적이 아닌 아군 때문에 척추가 얼어붙는 듯했다.

"죽여라! 제국의 적을 해치워라아아아-!!"

제국기사들이 광기 넘치는 환호를 토해냈다. 그들도 산전수전 다 겪은 전사들이다. 제국기사는 마냥 고귀한 기사가 아니었다. 피와 살점을 보며 흥분하는 최악의 인간이기도 했다. 기사도가 없으면 고삐 풀린 망아지처럼 폭주하는 살인마들이다.

"황제폐하 만세, 만세, 만만세-!!"

신이 난 제국기사들이 앞다퉈 구호를 내질렀다. 제국기사와 마주한 징집병들은 무기를 버리고 도망가기 바빴다. 도망가던 징집병들이 뒤에 있던 아군 기사에게 찔려 죽었다.

"도망가지 마라! 도망갈 곳은 없다! 뒤를 돌아보면 죽음만 있을 뿐!"

하르마티 진영의 기사들이 도망치는 징집병의 머리를 베어들어 올렸다.

"이 개자식들아아아아! 우리보고 어쩌란 말이냐아아아!"

징집병들이 울분을 토해냈다. 징집병은 앞뒤로 포위된 셈이었다. 앞에서는 제국기사들이 살육 전차처럼 오고 있었고 뒤로는 아군이 막아서며 탈주병을 죽이고 있었다.

페르젠과 기사들이 하르마티 진영의 전열을 무너뜨렸다. 뒤이어 제국 군대가 하르마티 진영을 덮쳤다.

"페르젠 장군! 위험합니다!"

제국기사들이 앞서가는 페르젠을 보며 외쳤다.

"저기 우릴 내려다보는 반란군의 수장이 보이는구나! 내 등을 보고 쫓아와라! 햇병아리들아!"

페르젠이 걸걸한 목소리로 외쳤다. 그때, 징집병의 도리깨 철퇴가 페르젠의 등짝을 후려쳤다. 페르젠이 낙마했다.

"장군!"

제국기사들이 잽싸게 페르젠을 보호하려고 달려들었다.

"누가 나를 보호하겠다는 거냐!"

페르젠이 소리를 버럭 지르며 일어섰다. 그가 자신을 후려친 징집병의 목을 단숨에 베어냈다.

'눈도 잘 보이지 않는 양반이 무시무시하군. 하지만 위험해. 나이를 속일 순 없지. 벌써 팔다리가 떨리고 있어.'

유릭도 성큼성큼 걸어서 페르젠 옆까지 다가갔다. 페르젠은 좋게 포장해도 다른 기사들과 엇비슷한 전투력이었다. 중년을 넘어서면 전사의 기량은 떨어진다. 경험과 기술로도 메꾸지 못할 만큼 육체가 노쇠한다. 그건 전설의 기사도 마찬가지다.

"무리하는 거 아니야? 영감."

"잘 따라오게, 야만인."

페르젠은 마치 전공을 탐하는 어린 기사처럼 무모하고도 용맹했다. 위험을 두려워하지 않았다. 이룰 걸 다 이룬 전설의 기사라고 믿기 힘든 행동이었다.

"흣흣!"

페르젠이 억지로 웃음을 토하며 칼을 휘둘렀다. 그는 가장 앞에 서서 위험과 마주했다.

"오라! 내가 검귀 페르젠이다! 내 목을 따 가는 자는 작위라도 받겠지!"

페르젠이 앞을 보며 포효했다. 징집병들 사이로 중장보병들이 모습을 드러냈다.

'검귀 페르젠! 저자의 목을 베면 사기도 단번에 내려갈 터!'

중장보병을 지휘하는 귀족이 혀로 입술을 핥았다.

'검귀 페르젠의 명성을 내가 가져가 주지.'

검귀 페르젠의 목을 벤 자!

현대를 살아가는 기사라면 누구나 탐내는 칭호다.

쿵!

페르젠이 중장보병의 칼을 막았다. 실력이 좋은 중장보병이었다. 페르젠의 몸이 주춤주춤하며 뒤로 밀렸다.

'늙탱이가 무리하는군.'

유릭은 고민했다.

유릭의 머리와 몸이 따로 놀았다. 그의 몸은 주변의 병사를 베었으나 머리로는 페르젠을 생각했다. 주변의 제국기사들 덕분에 전장 한가운데인데도 위험하다는 느낌이 전혀 들지 않았다.

"북부도 남부도 아니면, 도대체 자네는 어디서 온 걸까?"

돌격하기 전에 페르젠이 그렇게 말했다. 유릭은 가슴이 철렁였다.

'내가 북부나 남부에서 온 게 아니라는 걸 알고 있어.'

용병단의 북부인들도 유릭의 출신지가 어디인지 궁금해했다. 그만큼 야만인에 대해 잘 아는 사람이 유릭을 관찰한다면 유릭의 특이점을 금방 눈치챈다.

페르젠은 유릭을 항상 주시하고 있었고, 유릭이 북부인도 남부인도 아니라는 걸 알아냈다.

'동쪽은 바다로 막혀 있어. 그렇다면 답은 하나뿐이지.'

유릭이 페르젠의 등을 바라봤다. 유릭이 도끼를 세게 쥐었다. 하지만 주변에 눈이 너무나 많았다.

'페르젠이 다른 사람에게도 나에 대한 걸 말했을까?'

걱정과 불안은 서로 배를 맞대듯 또 다른 걱정과 불안을 낳았다. 한번 시작된 걱정은 끝이 없었다.

'제국의 야망은 끝이 없어. 황제는 분명 서부를 정복하려 들

터다. 자신만의 업적을 탐하고 있으니까.'

포드갈 아르텐! 하늘산맥을 넘고자 한 탐험가!

유릭은 여전히 그 이름을 기억하고 있다.

포드갈은 분명 제국의 지원을 받았을 것이다. 황제는 금기를 깨고 동쪽과 서쪽을 탐하려 했다. 아직도 서쪽에 대한 미련을 버리지 못했을 터다.

'포드갈 아르텐은 거의 성공했었지. 그날 만난 게 내가 아니었다면 성공했을 거다.'

유릭은 하늘산맥을 넘은 뒤로 이처럼 큰 걱정과 맞닥뜨린 적이 없었다. 혼자만의 문제가 아니었다. 형제들의 목숨과 부족의 존망이 걸려 있었다.

'차라리 나 혼자만의 문제라면 무기를 들고 돌파하겠지.'

명쾌한 답이 나오지 않았다.

'파헬, 네가 고민하던 문제들이 바로 이런 것이었나.'

유릭은 그제야 파헬의 기분을 이해했다. 파헬은 자신만의 짐을 짊어진 게 아니었다. 자신을 따르는 자들의 생명까지 짊어지고 있었다. 자신의 판단 하나가 수많은 사람에게 영향을 미친다.

'파헬 앞에서 잘난 척하며 말한 내가 바보 같군. 나도 이렇게 고민하게 되잖아.'

유릭은 웃음이 나왔다. 그가 이를 악다물며 앞으로 나아갔다. 징집병 무리가 끝나고 중장보병들이 사납게 모습을 드러냈다.

"내가 머리를 굴려서 뭘 하겠어! 제기랄!"

유릭이 중장보병 사이로 뛰어들었다. 그의 강철도끼가 춤을 춘다. 도끼를 던져 투구를 벗은 적의 두개골을 쪼갰다.

도끼를 던진 유릭은 달려 나가며 좌우에 있는 병사의 무릎을 때려서 부쉈다. 무릎이 아작 난 적들이 주저앉았다. 유릭은 무릎으로 병사의 투구를 찍었다. 투구가 찌그러지며 안면이 함몰됐다.

쩌억.

유릭은 던진 도끼를 회수했다. 그의 도끼 투척 실력은 대단해서 아무도 따라 하지 못한다. 던진 도끼는 두개골을 부수고 뇌까지 확실하게 잘랐다.

"덤벼, 이 자식들아."

유릭이 도끼를 든 손을 앞으로 뻗으며 까딱였다.

'고민해 봤자 답은 안 나와. 페르젠에게 정면으로 물어본다. 그게 내 방식이지.'

결정은 끝났다. 머리가 맑아졌고, 전장이 한눈에 보인다. 머리 굴리느라 바쁜 인간 유릭이 잠들고 야수가 빳빳하게 고개를 쳐든다. 천상의 미녀를 만난 남근처럼 전장의 야수가 성을 냈다.

"하르마티의 목은 내가 벤다아아아-!!"

유릭이 강철검을 뽑아서 앞으로 세웠다. 그의 포효에 주변 병사들이 이목이 쏠렸다.

'목을 길게 빼고 기다려라, 하르마티. 그 목을 파헬에게 선물로 가져가지!'

하르마티 진영 제일 뒤쪽에서 하르마티 공작이 보였다. 거리로는 멀지 않지만 그 사이에는 인간의 벽이 있었다.

'저 야만인의 젊음이 부럽군.'

페르젠이 칼을 지팡이 삼아 땅에 박았다. 그가 칼자루를 양손으로 잡으며 숨을 헐떡였다. 쉬지 않고 달려온 페르젠은 지쳤다. 정신력의 문제가 아니라 육체의 한계였다. 그의 나이는 일흔이 넘었다. 전장 선두에 선다는 것 자체가 기적이며 존경받아 마땅했다.

"검귀 페르젠!"

"페르젠 장군을 따르라!"

제국기사들이 외쳤다. 그들은 지친 페르젠을 보고도 그 어떤 실망도 보이지 않았다. 그들은 제국기사의 표본인 페르젠을 존경했다. 골방 늙은이로 자리만 지켜도 명예가 절로 따라오는데, 누가 저 나이까지 전장에 나서서 싸우겠는가?

"후, 잠시만 숨을 돌리고 따라가겠네."

페르젠이 중얼거렸다. 그가 앞서 나가 싸우는 젊은 기사와 유릭을 바라봤다.

한때 페르젠도 저런 젊음이 있었다. 숨이 어깨까지 차올라도 칼을 휘두를 힘이 있었다. 열정과 전장의 흥분만으로도 몸이 움직였다. 젊은이의 육체에는 한계가 없었다. 움직이고자 마음만 먹으면 얼마든지 몸이 마음을 따라왔다.

"우훗훗……."

페르젠이 웃었다. 노장의 웃음이 투구 안을 맴돌았다. 목소리도 녹슬어 새파란 열정이 느껴지지 않았다.

"어째서 전사에게 늙음을 주는가? 차라리 죽음을 줄 것이지."

페르젠은 그 이유를 안다. 사람들은 페르젠이 루의 축복을 받아 일흔 넘도록 살아 있다고 말했다.

페르젠이 울먹이듯 하늘을 바라봤다. 태양신 루가 빛나고 있었다.

'이건 축복이 아니야 저주지. 나를 향한 형벌.'

페르젠의 뇌리에 오랜 기억이 스친다. 얼어붙은 땅, 죽어 나가는 야만인들, 그들의 시퍼런 광기, 두려움과 존경, 칼과 도끼, 각자의 신을 부르짖는 사내들……. 전쟁, 전쟁, 전쟁.

죄의식과 도덕마저 흐려졌다. 명예로운 기사도는 말장난, 루의 자애란 그저 성직자의 헛소리.

죽이지 않으면 죽는다.

야만인과 페르젠은 그 하나의 간단한 규칙을 두고 싸웠다. 문명기사와 야만 전사의 경계는 흐려지고 본질적인 생존 투쟁만 남았다.

전사란 무기를 들고 타인의 생명을 뺏는 자를 말한다. 명예니 기사니 아무리 덧칠을 하고 포장해도 변하지 않는 사실. 모두가 살인마라는 진실.

'태양신 루께서는 전사를 경멸하지.'

페르젠은 휴식을 마치고 고개를 들었다. 자신의 애마를 불러서 올라탔다. 그는 저 멀리 먼저 가는 후배 기사를 좇았다.

Chapter 7

왕국은 잊고 있었다. 그들이 제국과 마지막으로 싸운 지 50여 년이 지났다. 제국기사의 공포와 제국군의 압도적인 전투력을 까맣게 잊고 지냈었다.

전쟁에서 병력의 숫자는 전략전술의 기본이다. 하지만 병력의 질이 어느 정도는 동등하다는 전제하에 병력의 숫자는 의미가 있다.

'무의미해.'

하르마티 군대의 과반수를 차지하는 징집병은 처참하게 깨졌다. 탈주병이 넘쳐 나고, 그나마 대항하는 징집병도 벌레처럼 짓밟혔다.

고작 선두에 선 제국기사 수십여 명이 하르마티의 진영을 깊게 돌파했다. 아무도 그들을 막지 못했다. 그들은 혹독한 훈련을 받은 제국기사들이며 제국강철제 무구들은 최첨단 전투 병기다. 표면이 연마된 판금갑옷은 은빛으로 반짝였다.

"빌어먹을 제국강철-!!"

하르마티의 기사들이 제국기사에게 대응하며 달려들었다. 그들은 사슬갑옷을 입은 무리였다. 일반 기사들은 제국기사와 달리 방패를 쥐고 있었다. 사슬갑옷만으로는 방어력이 부족했기 때문이다.

제국강철제 판금갑옷은 현존하는 최강의 무구다. 안에는 충격을 막아주는 누비옷이나 가죽옷을 입고 있었고, 판금갑옷의 약점인 관절 부위마저 촘촘한 사슬갑옷을 덧대었다. 무게는 다소 있지만 그마저도 전신으로 분산되기 때문에 활동성이 사슬갑옷보다 뒤떨어지지 않았다.

'저 갑주만 없으면!'

하르마티의 기사들이 울분을 토하듯 칼을 휘둘렀다. 그들의 칼은 판금갑옷을 뚫지 못했지만 제국기사의 강철 무기는 사슬갑옷을 우습게 깨부쉈다.

병력의 숙련도를 넘어선 기술력의 차이가 있었다. 그건 병사 개인이 노력한다고 어쩔 도리가 없었다. 국가 규모의 격차다. 청동의 시대를 넘어서 철의 시대가 왔고, 제국은 다른 왕국보다 먼저 강철의 시대에 돌입했다.

'우리는 왜 저런 무구를 개발하지 못한 거지?'

하르마티의 기사는 가슴이 칼에 뚫렸다. 그는 마지막까지 피를 토하며 제국기사를 공격했다. 하지만 무용지물.

제국기사의 투구가리개 안쪽에서 눈동자가 번뜩였다. 그 눈동자는 담담하게 하르마티의 기사를 응시했다.

"이건 불공평해……."

하르마티의 기사가 죽어가며 중얼거렸다.

"그게 인생이지, 이 친구야."

제국기사가 하르마티의 기사를 발로 걷어차며 가슴에 꽂은 칼을 빼냈다.

왕국은 남몰래 제국강철 무구를 연구했다. 하지만 별다른 성과는 없었다. 보통의 철로 판금갑옷을 만들어 봐야 모양만 그럴싸했다. 힘없이 찌그러지고 찢어졌다.

제국의 광맥에서만 나오는 질 좋은 철과 제국 황실 공방의 야금술이 합해져야 제국강철이라는 시대를 앞선 금속이 나온다. 그 정수인 판금갑옷은 장인들의 노력이 담긴 하나의 예술품이었고, 제국강철을 다루는 대장장이 일가들은 명예 공작 작위까지 받았다.

"후욱, 후욱."

유릭이 제국기사들의 앞을 걸었다. 그는 유독 눈에 띄었다. 은빛 갑주의 기사들 틈에서 홀로 모피를 걸친 사내. 하지만 누구보다 많은 피를 뒤집어썼다. 죽인 적의 숫자조차 까먹을 정도였다.

'무기도 적당히 길이 들었어.'

유릭이 강철도끼를 한 바퀴 돌려서 다시 잡았다. 피를 충분히 머금은 강철도끼다.

전사는 사람을 베는 만큼 실력이 는다. 무기는 사람을 베어야 길이 든다.

사람을 벤다는 경험은 무척이나 중요하다. 아무리 전투 기술을 연마하더라도 사람을 벤 경험이 적은 자는 진짜 전사가 되지 못한다. 그런 자들은 중요한 순간에 망설이며 무기가 인간의 속을 파고드는 감각을 모른다.

'얼마나 찔러야 사람이 죽는지, 어느 정도 힘을 줘야 뼈와 근육이 잘리는지…….'

유릭의 눈동자가 누렇게 빛났다. 그는 잘 알고 있다. 그는 인간 도살자다. 백정이 소돼지의 근골격 구조를 훤히 알 듯 유릭은 사람을 어떻게 죽여야 하는지 잘 안다.

'두 치 정도 들어간다.'

머리로 깊게 계산하고 휘두른 건 아니었다. 본능적인 감각이었다. 그의 예상대로 강철도끼가 상대의 목을 두 치 정도 파고들었다. 그 정도면 사람은 죽는다.

"끄륵, 끅."

목을 감싼 병사가 쓰러졌다. 유릭이 쓰러진 병사의 머리를 세게 짓밟아 터트렸다. 그의 가죽 신발에 뇌수가 끈적끈적하게 들러붙었다.

'적은 두렵지 않아. 기묘하군. 두려운 게 내 옆에 선 아군이라니.'

유릭이 눈동자를 굴려 제국기사들을 바라봤다. 제국기사의 피해는 없었다. 기껏해야 눈먼 공격에 얻어맞은 자잘한 부상이었다.

'제국기사가 아니었다면 불가능했을 무모한 돌격이었다.'

유릭은 제국기사의 전투력에 감탄했다. 그는 일대일로는 제국기사를 꺾은 적이 있었다. 집단 전투에서는 제국기사의 방어력은 상상을 초월했다. 난전에서 무적이라는 소리가 허언이 아니었다.

'괴물 같은 야만인.'

반면 제국기사들은 유릭의 등을 보며 섬뜩해했다. 그들의 눈동자가 유릭의 양손을 좇았다. 피가 뚝뚝 떨어지는 도끼를 보자 전율이 돋았다.

'저 야만인은 맨몸뚱이로 우리를 따라왔다.'

제국기사의 돌격은 판금갑옷의 방어력이 있기에 가능한 짓이다. 유릭은 판금갑옷도 없이 기사들을 따라 적진 한가운데까지 깊숙이 들어왔다. 차라리 안쪽에 숨어서 따라온 거라면 이해할 터였다.

'맨 앞에 서서 적을 수없이 베어냈다. 마치 창칼이 놈을 피해 가는 듯했어.'

유릭의 몸에는 자잘한 생채기밖에 없었다. 몸에 묻은 피는 적들의 피였다.

'맨몸으로 판금갑옷을 입은 우리와 어깨를 나란히 하다니……. 아무리 전투에 능숙한 야만인이라지만, 믿기 힘든 실력이로군.'

유릭은 자신의 기량을 온전히 내보였다. 그가 가진 모든 전투 기술을 동원해 적들을 죽였다.

"빨리 따라오라고! 저기 보이잖아!"

유릭이 끈적끈적한 핏물을 얼굴에 바르며 말했다. 피로 그려진 전투화장 덕분에 안 그래도 악귀 같은 얼굴이 더 사나웠다.

유릭은 제국기사들보다 빨랐다. 갑옷을 입지 않아서 날아다니는 듯했다. 커다란 덩치만큼 기다란 팔다리가 적들을 헤집으며 시체의 언덕을 쌓았다.

하르마티 진영의 수뇌부는 안절부절못했다. 그들은 자신들을 향해 달려오는 제국기사 무리를 바라봤다.

"하르마티 공작! 후퇴해야 하오!"

세베르 공작이 외쳤다. 그는 하르마티 공작와 연합을 펼치는 공작이다. 그가 발을 동동 굴렀다.

전세는 하르마티 공작에게 불리했다.

'이 정도로 차이가 날 줄이야.'

하르마티 공작도 승산이 있다고 판단했기에 발드릭 평원을 전장으로 선택했다.

'우회기동한 내 기병대가 왕자의 목을 베지 못했다.'

하르마티 공작은 자신이 키운 기병대를 믿고 있었다. 평원을 선택한 것도 기병대의 이점을 살리기 위해서였다. 하지만 그의 기병대는 적진을 돌파하는 데 실패했고, 적들의 핵심 병력은 중앙을 파고들어서 하르마티 공작의 턱밑까지 다가왔다.

'빌어먹을.'

후퇴하려면 빨리 결정해야 했다.

'여기서 밀리면 날 지지하는 귀족들도 등을 돌릴 거다. 다들 왕자 밑에 우르르 몰려가겠지.'

이번 회전의 승리자가 내전의 승기를 잡는다. 이후의 판세를 뒤집기란 무척이나 힘든 일이었다.

"하르마티 공작!"

세베르 공작이 재촉했다. 그는 혼자서라도 퇴각할 기세였다.

"내 영지로 갑시다, 세베르 공작. 그곳은 수성전을 펼치기 좋은 곳이니."

"난 내 영지로 돌아갈 거요! 왕자가 내 땅을 점령하게 놔둘 순 없소!"

"이 멍청한 사람아! 남은 병력을 집결해서 수성전을 펼쳐도 힘겨운 상황이오! 지금 병력을 분산해서 각자의 영지를 지키겠다고? 각개격파나 당하겠지!"

하르마티 공작이 세베르 공작의 멱살을 잡았다.

"그, 그럼 내 영지에서 병력을 집결해 수성하면 되잖소!"

세베르 공작이 더듬으며 말했다.

"거긴 사방이 트여서 방어가 힘들지! 내 영지의 뒤에는 해안 절벽이 있소! 적은 병력으로도 수성이 가능하지! 우린 한배를 탔소, 세베르 공작."

하르마티 공작이 불같이 화를 냈다. 기세에 눌린 세베르 공작이 망설이다 고개를 끄덕였다.

"퇴각해라!"

하르마티 진영에서 뿔나팔 소리가 연거푸 퍼졌다. 병사들이 기다렸다는 듯이 퇴각했다.

"쫓아라! 하르마티 공작을 잡아!"

퇴각하는 적들을 보며 왕자 진영의 지휘관들이 외쳤다.

"킬리오스!"

유릭이 그 이름을 외치며 휘파람을 불었다. 유릭을 비롯해 말이 남아 있는 기사들이 도망가는 하르마티 공작을 쫓았다.

"전쟁은 이걸로 끝내자고! 파헬도 그걸 원하더라고!"

유릭이 피로 물든 얼굴로 외쳤다. 그의 목소리는 경쾌했다.

"가자! 킬리오스!"

유릭이 킬리오스의 등에 올라타며 말고삐를 힘차게 잡았다. 다른 기사들도 그 뒤를 따랐다.

'여기서 하르마티를 놓치면 전쟁이 길어진다.'

내전이 길어지면 누가 이기든 손해가 크다. 유릭도 그걸 알고 있었다.

"파헬에게 가져갈 선물이다. 목을 빼고 기다려라! 하르마티이이!"

유릭이 목이 찢어져라 외쳤다. 쩌렁쩌렁한 목소리가 하르마티 공작의 귀까지 닿았다.

'파헬? 그건 또 누구야!'

하르마티 공작은 등골이 서늘했다. 그의 말조차 유릭의 포효에 겁을 먹어 주춤거렸다.

"유릭! 혼자 너무 앞서가고 있네!"

페르젠이 말을 타고 유릭을 쫓으며 말했다. 갑주를 입지 않은 유릭의 속도는 다른 기사들보다 빨랐다.

"혼자서 우릴 쫓는 거냐!"

하르마티의 친위대가 주군을 위해 말머리를 돌렸다. 그들은 추적대를 떨치기 위해 목숨을 걸었다.

'우리의 목숨으로 주군이 도망갈 시간을 벌 수만 있다면!'

어릴 때부터 친위대로 뽑혀 좋은 대우를 받고 자란 이들이다. 그들은 노동을 하지 않고 남부럽지 않게 살아왔다.

'오늘 이날을 위해!'

주군에게 목숨을 바칠 그날만을 기다리며 좋은 식사와 좋은 옷을 입고 자란 이들이다. 그들의 충성심은 남달랐다.

"오오오오오오!"

유릭과 하르마티의 친위대 다섯이 고함을 지르며 마주했다.

콰직!

유릭이 강철도끼 두 자루를 힘껏 휘둘렀다. 유릭의 도끼를 막은 두 명의 친위대가 힘을 이기지 못하고 낙마했다.

'무슨 힘이!'

그 뒤에 있던 친위대 셋이 유릭을 향해 쇠뇌를 쐈다. 미리 장전해 둔 쇠뇌는 말 위에서 쏘기 좋은 무기였다.

움찔.

유릭의 머리카락이 사납게 휘날렸다. 그가 쇠뇌를 겨눈 친위대를 바라봤다. 쇠뇌 하나는 킬리오스를 겨누고 있었고, 나머지 둘은 유릭을 노렸다.

'킬리오스를 노리는 쇠뇌 하나, 나를 노리는 쇠뇌 둘. 킬리오스는 용을 써도 화살을 피하지 못해.'

유릭은 찰나에 판단을 마쳤다. 그가 도끼 하나를 던져서 킬리오스를 노리던 친위대의 쇠뇌 조준점을 흐트러뜨렸다. 발사

된 화살이 땅바닥에 처박혔다.

쉭!

남은 쇠뇌 둘에서 발사된 화살이 유릭을 향해 날아왔다.

캉!

유릭이 제국강철검으로 화살을 튕겨냈다. 넓적한 칼날을 세워서 화살을 튕겨내는 신기였다.

"맙소사! 미친!"

쇠뇌를 쏜 친위대가 경악했다. 유릭은 화살의 궤도를 정확히 읽어내고 그쪽으로 칼날을 가져가 댔다. 듣도 보도 못한 방어법이었다. 극한의 집중력과 동체 시력, 대담하기 짝이 없는 담력이 어우러진 기술이었다.

"나도 놀랐어. 내가 이런 것도 해낼 줄이야. 이 정도면 자화자찬해도 될 것 같아."

유릭도 자신의 실력에 스스로 감탄했다. 화살에 맞을 각오를 하고 임기응변으로 해본 거였는데 진짜로 성공할 줄은 몰랐다. 그가 경악에 가득 찬 친위대의 머리통을 베었다.

'놓쳤군.'

유릭이 입맛을 다셨다. 친위대는 죽었지만 그들은 목적을 달성했다. 하르마티 공작이 꽁지 빠지게 도망가고 있었다. 패잔병들이 그 뒤를 따랐다.

발드릭 전투는 바르카 왕자의 승리로 끝났다. 그 소식은 포클카나 왕국 전역으로 퍼졌다. 어느 편에 설지 고민하던 귀족들도 바르카 왕자에게 충성을 맹세하며 그 휘하로 들어왔다.

보름 뒤, 바르카 왕자의 군대는 하르마티 공작령을 봉쇄하고 공성전에 들어갔다. 해안 절벽을 등진 성인지라 공략이 제법 까다로웠다. 하지만 승리는 거의 확실했으며 늦고 빠르고의 차이만 있을 뿐이었다. 남은 건 하르마티 공작의 마지막 발버둥이었다.

하르마티성이 한눈에 보이는 언덕 위에 왕자의 야영지가 있었다.

파헬은 턱을 괴곤 하르마티성을 지켜봤다. 그의 주변에는 포를카나의 귀족들이 모여 있었다. 장래의 왕이 될 왕자를 향해 온갖 아부가 쏟아졌다. 아부를 흘려 넘기는 파헬의 눈동자는 푸르다. 불안을 숨기듯 얼어붙은 눈동자가 남들에게는 차갑게만 보였다.

소년은 청년이 되고 순수한 웃음은 없어졌다. 감정은 숨기고 흘리는 웃음은 그저 가면. 사방에는 자신의 잇속만 챙기는 뱀들뿐.

Chapter 8

내전은 잠시 교착상태였다. 파헬의 군대는 하르마티성을 포위하고 있었다. 포위 상태로 보름이나 지났다.

하르마티성은 수성전에 유리한 지형이었다. 해안 절벽을 등지고 있어서 군대가 우회할 공간이 없었다. 공략법이라고 해봐야 정면돌파뿐이었다.

“빨리빨리 움직여.”

“거기 통나무가 짧잖아.”

제국의 공병들이 바삐 움직였다. 그들은 웃통을 벗고 벌목을 했다.

“나무가 넘어간다!”

도끼를 든 병사가 땀을 닦으며 외쳤다. 아름드리나무가 쓰러졌다. 나무는 금방 목재가 되어 야영지 한편에 쌓여갔다. 공성 병기를 만들 자재이자 겨울을 버틸 장작이다.

"이거 참 튼튼한 요새군요. 좋은 성입니다."

페르젠이 흐린 눈으로 성벽을 바라보며 말했다. 옆에 있는 제국기사가 페르젠의 귓가에 성벽의 생김새를 상세하게 설명했다.

"페르젠 장군, 공략법은 없습니까?"

파헬이 초조하게 말했다. 겨울이 오고 있었다.

"바르카 왕자님, 공성전은 인내심의 싸움입니다. 흣흣. 저 정도 요새라면 전면전으로 들어갈 경우 승산을 장담할 순 없습니다. 제가 만약 저기서 수성을 한다면 천 명으로도 오천의 병력을 가뿐히 막아낼 겁니다."

"겨울이 오면 영주들도 자신의 병력을 이끌고 돌아갈 겁니다."

영주의 군대는 곧 영지의 노동력이다. 겨울을 날 준비조차 못 하고 급하게 출정한 병력인지라 오랫동안 소집을 유지하기 힘들었다.

"상황은 하르마티 공작 쪽이 더 최악일 겁니다. 사기가 낮은 터라 탈주병도 심심찮게 나오겠지요. 운이 좋다면 군대 내에 항복하자는 의견이 많아져서 스스로 하르마티 공작의 목을 바칠 수도 있습니다. 어쨌든 포위만 유지하면 먼저 무너져 내릴 겁니다. 저를 믿으시지요, 왕자님. 우리 쪽이 승기를 잡았습니다. 영주들도 최대한 버틸 수 있는 만큼 버틸 겁니다."

페르젠이 자신의 가슴을 가볍게 치며 말했다.

"그렇다면 다행이지요. 단지 전쟁이 길어지는 게 내키지 않을 뿐입니다."

"일단은 공성 병기를 만들어 두어 번 정도는 공격할 겁니다. 그래야 놈들이 긴장해서 밤낮으로 잠을 자지 못하겠죠. 흣흣."

파헬이 고개를 끄덕였다. 전쟁의 전문가는 페르젠이다. 파헬의 얕은 지식은 아무런 도움도 안 된다.

"발드릭 평원에서 잡았으면 좋았을 텐데……."

내전을 깔끔하게 끝낼 마지막 기회였다.

'추악한 싸움에 들어가는군, 하르마티 공작.'

정세는 이미 기울었다. 하르마티 공작의 최후는 뻔했다. 아무리 수성을 잘해봐야 결국 고립된 성은 함락된다. 시간이 오래 걸릴 뿐이었다.

필리온이 파헬의 옆으로 다가왔다. 그가 찬물을 떠서 건넸다.

"마음을 편하게 먹으시지요, 왕자님. 페르젠 장군의 말이 전부 맞습니다. 시간은 우리의 편입니다."

"난 내전을 빨리 끝내고 싶었어, 필리온 경."

파헬이 물을 마시며 중얼거렸다. 입이 바짝바짝 타들어 갔다.

파헬은 천막 바깥으로 나가는 게 두려웠다. 밖으로 나가면 너저분한 징집병들이 멀건 국물을 마시며 퀭한 눈으로 파헬을 쳐다봤다. 다른 한편에서는 살이 통통하게 오른 귀족들이 파헬을 보자마자 쪼르르 달려와 아부 떨었다.

"포위는 페르젠 장군께 맡기고, 왕성에 가시는 게 어떻습니까? 이미 대관식 준비도 끝냈을 겁니다. 언제라도 가기만 하면……."

"전쟁이 끝나지도 않았잖아. 그건 보기에 좋지 않아. 나만 왕성으로 가서 편히 쉴 순 없어."

파헬이 엄지손톱을 깨물었다.

"바르카 왕자, 인내심을 배울 시간입니다. 오홋홋."

페르젠이 그렇게 말하곤 천막을 나섰다. 페르젠이 자리를 비우자 기회를 노리던 귀족들이 파헬의 천막 안으로 들어왔다.

"왕자님, 제게 셋째 딸이 있는데 아직 결혼을 하지 않았습니다. 제 부인을 닮아……."

"자네 딸은 이제 여섯 살이네! 그런데 무슨 혼사를!"

"여섯이면 멀지도 않았네!"

귀족들이 앞을 다투듯 외쳤다. 그들은 어떻게라도 왕자의 눈에 들기 위해 안달이었다. 딸이 있는 귀족들은 자신의 딸이 얼마나 기품 있고 아름다운지 노래하듯 말했다.

'유릭은 요새 뭘 하느라고 이렇게 얼굴을 안 내비치는 거야. 제길.'

파헬은 귀족들 앞에서 억지웃음을 지었다. 그는 유릭이 보고 싶었다. 유릭은 근래 바쁜지 파헬을 찾아오지 않았다.

귀족들 상대로는 말조심을 해야 한다. 그들에게 감정을 드러내선 안 된다. 좋든 싫든 정치적 계산을 해가며 그들과 마주했다. 귀족들과 대면한다는 것 자체가 극심한 피로였다. 파헬은 메말라 가듯 지쳤다.

유릭은 발드릭 전투가 끝나고 페르젠을 찾아갔었다. 아직 전투의 열기가 식지도 않았을 무렵이었다.

"영감, 내가 북부도 남부도 아니라니. 그게 무슨 의미야?"

유릭이 도끼를 빙글빙글 돌리며 물었었다. 피로 물든 얼굴은 웃고 있었지만 말에는 가시가 바짝 서 있었다.

"내가 그런 말을 했나? 이거 참, 나이를 먹으니 기억이 오락가락하는군."

검귀 페르젠은 그렇게 대답했었다.

"……그래? 내가 잘못 들은 모양이지."

유릭이 대수롭지 않게 귀를 후비며 대꾸했었다.

'정말로 페르젠이 노망이라도 든 건가?'

유릭은 한 달이나 지난 지금도 그때의 말을 곱씹었다.

'노망난 영감치고는 판단력이 너무 좋아. 칼놀림도 아직 살아 있어. 노망은 무슨…….'

유릭은 허탈하게 웃었다. 그는 근래 온몸의 감각이 곤두서 있었다. 주위의 사소한 말 한마디도 놓치지 않았다. 유릭은 나름대로 극심한 압박감에 시달렸다.

'하늘산맥.'

눈을 감으면 하늘산맥의 모습이 생생하게 떠올랐다. 어린 시절, 동쪽을 볼 때마다 늘 산맥을 넘고 싶었다.

저 너머에 정말로 영혼의 세계가 있는 걸까?

유릭은 그 의문을 해결하기 위해 산맥을 넘어 문명세계에 도착했다.

그날의 기억, 그날의 결정, 그날의 마음가짐.

유릭이 눈을 게슴츠레하게 떴다. 눈빛이 차분했다.

"결정했나? 유릭."

스벤이 옆으로 다가오더니 물었다.

"그래."

유릭이 고개를 끄덕였다.

"어떡할 건가? 쿨럭. 날씨가 춥군. 감기라도 걸린 모양이야."

스벤이 기침을 하며 말했다.

"북부인이 무슨 이 정도로 엄살이야. 나도 멀쩡하구만. 하여튼 결정했어."

"결정했다면 행동으로 빨리 옮기는 게 좋네."

유릭은 스벤을 바라봤다. 스벤은 진심으로 유릭과 그의 동족을 걱정했다.

"나는 검귀 페르젠을 죽일 거야. 그게 가장 명쾌한 해결책이야."

유릭이 말했다. 그 목소리는 낮았고 스벤밖에 듣지 못했다. 하지만 의미는 묵직했다.

"자네 신의 가호가 있기를."

스벤이 무기를 콧잔등까지 들어 올리며 북부식으로 기도했다.

페르젠을 죽이는 것. 그게 최선의 방법이었다. 유릭에 대해 어디까지 알고 있고, 누구에게 말했는지는 페르젠만이 안다. 이미 황제의 귀에 들어갔든 아니든 유릭이 택할 방법은 하나뿐이었다.

유릭이 문명인처럼 태양 펜던트를 꾹 쥐었다.

'날 도와줘. 내가 열심히 믿고 있잖아.'

실패는 용납되지 않는다. 혼자만의 목숨이라면 루에게 기도하지도 않았다. 혼자의 싸움이라면 지더라도 전사답게 죽으면 된다.

'태양신 루, 자애의 신. 댁이 정말로 평화를 사랑한다면 이번만큼은 날 도와줘야지. 안 그래?'

유릭은 태양 펜던트를 품 안에 다시 넣었다.

'나를 위해서가 아닌 내 형제자매들을 위해…….'

유릭이 도끼를 들었다.

유릭의 형제들의 부대장 도노반, 그는 가끔씩 검귀 페르젠과 술을 마셨다. 살아 있는 전설과 술자리를 가지는 건 대단한 영광이었다. 한 성격 하는 도노반조차 페르젠 앞에서는 얌전했다.

페르젠은 매번 좋은 술을 가져왔다. 전장에서도 페르젠 정도의 위치라면 좋은 술 가져오는 건 어렵지 않았다.

"북부식 벌꿀술이네."

페르젠이 청동 술병을 흔들며 말했다.

"아, 먹어본 적 있습니다. 독한 놈이죠."

벌꿀술은 이름과 달리 부드럽거나 달달한 술과는 거리가 멀었다. 혹한의 기후를 가진 북부의 술답게 한 잔만 마셔도 얼굴이 붉어질 정도로 독했다. 술의 열기가 목구멍을 넘어서 배 속까지 가득 찬다.

"태양사제들이 싫어하는 술이기도 하지. 워낙 독해서 사람을 짐승으로 만들거든."

"그래서 북부 야만인들이 짐승 같지 않습니까. 큭큭."

도노반이 벌꿀술을 한 잔 마셨다. 인상을 찌푸리며 뒷맛을 음미했다. 오싹한 술기운이 짜릿했다.

"북부에서는 벌꿀술을 여인주라고도 부르지."

페르젠이 운을 뗐다. 그는 나이가 많은 만큼 아는 게 많았다. 대부분 야만인에 대한 지식이었다.

"여인주라……. 여자들이 마시기에는 독한 술이군요."

"그래서 붙은 이름이 아니네. 벌꿀술을 만드는 과정이 특이해서 그런 거지."

"호오?"

도노반이 입가를 닦으며 귀를 기울였다.

"북부에선 여자들이 벌꿀을 입안에 머금고 있다가 내뱉는다네. 그걸 여러 번 반복하고 놔두면 벌꿀이 술이 되지. 마을에서 제일가는 미녀가 만든 벌꿀술은 그 인기가 많아 남자들이 서로 다툰다고 하더군. 술값을 비싸게 치르면 동침할 수도 있었을 걸세."

도노반이 문득 술병을 들어 올렸다. 그가 미묘한 표정을 지었다.

"이 술도 그렇게 만든 겁니까?"

"글쎄. 북부식으로 제조했다고 하는데, 알 순 없지. 훗훗."

페르젠이 음흉하게 웃었다.

"만약 북부식으로 제조했다면 부디 어여쁜 아가씨가 이 술을 만들었길 바라며!"

페르젠과 도노반이 잔을 부딪쳤다. 경쾌한 웃음이 오갔다.

시답잖은 이야기가 이어졌다. 술기운이 오른 페르젠의 입에서는 역사가 줄줄 튀어나왔다. 그의 무용담은 단순한 무용담으로 끝나지 않았다. 그가 겪은 굵직한 전투들은 시대의 흐름을 바꿨다. 페르젠은 시대의 주역이었다.

"이번 포위전은 길어지겠군요. 공성 병기를 만드는 데도 제법 시간이 걸릴 테니까요. 날도 추워지는데 가만히 있자니 몸이 녹스는 것 같군요."

도노반이 잠시 바깥을 보며 말했다. 저 멀리 하르마티성이 보였다. 성벽의 횃불이 가끔씩 일렁였다.

"앉아만 있자니 몸이 찌뿌둥하긴 하지. 마침 주둔지 뒤편 숲에 오래된 길이 있더군. 사람의 발길이 오랫동안 닿지 않았는지 풀이 우거져 놓치기 쉬운 길이지만 분명 사람이 다니던 길이었어. 산책 삼아 그 길을 따라가니 멋진 연못이 나오더군. 요샌 거기서 낚시나 하며 시간을 보내고 있네."

도노반이 눈동자를 치켜떴다. 그가 무언가를 외우듯 입술을 작게 움직였다.

달이 기울었다. 술병을 다 비운 도노반이 자리에서 일어섰다. 그가 공손히 페르젠에게 인사하고 천막을 나갔다.

저벅, 저벅.

도노반이 주둔지를 가로질렀다. 그는 페르젠의 천막을 몇 번이나 뒤돌아봤다.

'지금이라도 말해야 할까.'

그런 생각이 들었다. 뒤를 보던 도노반은 오싹한 살기를 느꼈다.

'유릭.'

도노반은 순간 가슴이 철렁했다. 도노반의 갈등을 유릭이 빤히 보고 있었다.

유릭은 나무에 기대서 도노반을 기다렸다. 유릭의 눈동자가 일렁이는 어둠 속에서 빛났다.

'내가 만약 다시 발걸음을 돌려 페르젠의 천막으로 가려고 했다면…….'

도노반은 식은땀을 흘렸다. 그는 유릭에게 다가갔다.

"형제는 서로를 배신하지 않아."

유릭이 어둠 속에서 중얼거리듯 말했다.

"협박하지 마라, 유릭."

도노반이 으르렁거렸다. 얼큰하게 취한 얼굴이 매서웠다.

"미안, 협박할 생각은 없어."

"단지 너에 대한 의리를 지키는 거다. 네가 날 위해 행동했듯이. 적어도 우리가 같은 용병단에 있는 동안은 '형제'로서."

그들의 사이는 아무리 좋게 포장해 봐도 화목과는 거리가 멀었다. 하지만 도노반은 유릭을 안다.

'이거 하나는 확실하지. 내가 위험에 처하면 유릭은 나를 위해 목숨을 걸고 싸우겠지.'

페르젠은 생명의 은인이지만, 그건 페르젠의 입장에서 별거 아닌 호의를 베푼 셈이다. 페르젠은 자신의 손해를 감수하며 도노반을 도와주진 않는다. 하지만 유릭은 도노반을 위해 위험을 감수한다. 도노반은 유릭이 어떤 부류의 사내인지 잘 알고 있다.

"주둔지 뒤편에 연못이 있어. 그곳에서 낚시를 자주 한다고 하는군."

"고마워, 도노반."

"무엇 때문인지는 모르겠지만, 전설적인 영웅을 죽일 만큼 가치가 있는 일이었으면 좋겠군."

"적어도 나한테는 그만한 가치가 있는 일이야."

유릭은 며칠 전에 도노반에게 자신의 계획을 말했었다. 도노반의 도움이 필요했기 때문이다.

"검귀 페르젠을 죽인다."

그 말을 들은 도노반은 그저 농담인 줄 알았다. 하지만 유릭의 눈을 보고 거짓이 아님을 금방 깨달았다. 유릭의 눈은 한없이 진지했었다.

유릭이 고개를 끄덕이며 도노반의 어깨를 두드리며 지나갔다.

"유릭."

도노반이 뒤를 돌아보며 유릭을 불러 세웠다. 그가 말을 이어갔다.

"……믿기 힘들겠지만 나는 바크만을 위해 기도했었다. 그 녀석이 루의 품에 잘 도착하길 바라면서."

도노반이 말을 마쳤다. 유릭은 고개를 끄덕였다.

"나는 네 말을 믿어."

중요한 건 사이의 좋고 나쁨이 아니다. 신뢰가 있고 없고가 중요할 뿐.

꾸벅, 꾸벅.

노인이 낚싯대를 잡고 졸고 있었다. 검귀라는 거창한 이름을 평생 짊어진 어깨는 많이 좁아졌다. 의자에 앉으니 등도 같이 굽어서 더 왜소했다.

페르젠은 아직까지 검을 쥐고 싸운다. 하지만 몇 년이나 더 그럴 수 있을까? 눈은 병이 깊어 앞으로 한두 해만 지나면 한 치 앞도 보지 못할 터다. 조금만 뛰어도 숨이 턱까지 차오르고 칼은 쥘 때마다 더 무거워졌다. 갑옷을 입고 벗으면 짓눌린 자리에 고름이 생겼다.

스르르.

페르젠이 눈을 떴다. 그의 시야는 여전히 탁했다. 눈을 아무리 비벼도 맑아지지 않았다.

'얼마 남지 않았지.'

전사의 삶은 끝이 다가온다. 하지만 인간 페르젠은 얼마나 더 살지 모른다.

'십 년? 이십 년?'

덜컥 두려웠다. 뒷방의 늙은이로 살아가야 하는 남은 삶.

'추악하군.'

젊은 시절이 그리웠다. 풋내기 기사에서 시작해서 수많은 전장을 넘어섰다. 잃은 전우는 몇이며 적의 시체는 얼마나 쌓아 올렸는가? 검귀 페르젠을 만든 수많은 일화가 스쳐 지나갔다.

"루여, 나를 저주하시는군요."

페르젠이 연못이 비친 태양을 바라보며 말했다.

'얀키누스는 동대륙을 발견하겠지. 그게 정말로 있다면 언젠가는 발견할 거야. 선대들을 닮아 집념 하나는 대단한 녀석이니까.'

남들은 얀키누스 황제를 대단한 존재라 생각하지만 페르젠에게는 그저 어린 조카 같은 존재였다.

'하지만 빨라도 십여 년은 걸릴 사업이다.'

동대륙 따윈 페르젠에게 아무런 의미가 없었다. 그건 페르젠 사후에 시작될 시대의 여명이다.

'하늘산맥.'

페르젠이 서쪽을 바라봤다. 동쪽 끝인 포를카나 왕국에서는 하늘산맥이 보이지 않는다.

'산맥을 올랐던 사람들은 돌아오지 못했지.'

얀키누스 황제는 하늘산맥을 넘기 위해 많은 투자를 했다.

신하들이 예산 낭비라 입을 모았으며, 성직자들은 하늘산맥을 넘보는 황제를 향해 불경하다며 화를 냈다. 하지만 황권은 강력하다. 초대와 선대가 쌓아둔 권력은 그런 불만을 단번에 잠재웠다.

"지치지도 않는 거지. 녀석은 젊으니까."

하늘산맥으로 보낸 탐험가들 중에 돌아온 자는 없었다. 하지만 얀키누스는 사람을 계속 보낼 터다. 실패하면 폭군이며, 성공하면 위대한 정복자가 되리라.

'선대도 그러했고, 초대도 그러했지. 이게 정복자의 혈통이란 건가.'

초대 황제는 세상을 하나로 만들겠다고 선언했다. 그리고 그는 그렇게 했다. 일생을 거쳐 모든 문명 왕국을 종속시키고 위대한 제국을 건설했다. 실패했다면 그저 전쟁에 미친 왕으로 남았을 터다.

선대는 인류의 경계를 확장했다. 불모지였던 남부와 북부를 정복하고 세상의 경계를 넓혔다. 서로에게 관여하지 않던 두 세계가 뒤섞였다. 문명과 야만이 공존하는 세계를 만들었다.

그리고 현 황제 얀키누스. 총명하고 야심 찬 젊은 황제. 내정에만 힘써도 제국의 전성기를 잘 이끌어 나갰지만, 그러기엔 너무나 훌륭하고 위대한 선조들을 두고 있었다. 그게 얀키누스의 단점이었다. 위대한 할아버지와 아버지를 뒀다는 것. 얀키누스에게도 다름 아닌 그들의 피가 흐르고 있다는 것.

"당신의 손자와 너의 아들을 따라가기엔…… 내 몸이 너무 늙었네."

의지가 충만해도 전장에 서지 못한다. 이번 전쟁에서 절실히 느꼈다. 다른 기사들을 이끌긴커녕 따라가는 것만으로도 벅찼다. 이런 몸으로 하늘산맥을 넘어? 어림도 없다.

'침대에 누워 죽으리라.'

내면의 목소리가 올라왔다. 페르젠이 눈을 크게 떴다. 식은 땀이 흘렀다.

'비쩍 마른 장작처럼 죽겠지.'

두렵다. 조용한 죽음이 두려웠다. 시퍼런 칼날이 보고 싶었다.

"미요른이여."

30여 년 전의 숙적, 북부 용자 미요른. 어쩌면 북부의 왕이 될 수도 있었던 사내.

제국은 미요른에게 북부의 왕이 되라 권했었다. 북부를 속주로 삼고 그를 왕으로 봉하려고 했다. 하지만 미요른은 종속되길 거부했다. 그는 자신의 추종자를 이끌고 남하했다.

검귀 페르젠은 제국군을 이끌고 미요른과 마주했었다. 문명과 야만의 운명을 내걸고 싸웠다.

쿵, 쿵, 쿵.

다신 그런 전쟁을 겪지 못하리라. 심장이 뛰는 전쟁. 서로의 모든 걸 내걸고 싸우는 위대한 전투.

"울가로의 이름을 부르짖으며 검의 언덕으로 돌아간 사내들이여."

페르젠은 그들이 부러웠다. 영원불멸의 전사들. 죽어서도 전사로 존재할 자들. 그들은 검의 언덕에서 영원한 투쟁을 반복한다. 북부의 신은 전사를 사랑했다.

쇠붙이에 찔려 죽은 시체, 뼈만 남은 무덤. 황량한 북부의 동토.

과거의 기억이 겹친다. 거친 땅이 훌륭한 전사들을 키웠다. 북부인들은 죽은 전사들을 화장하지 않았다. 언젠가 울가로와 함께 부활하리라 믿으며 무구와 함께 땅에 묻었다.

짹, 짹.

새가 운다. 날이 따스하다. 낚싯대를 잡던 손아귀에는 힘이 없었다. 다시 졸음이 몰려왔다.

뚝.

낚싯대가 흔들린다. 페르젠이 눈을 뜨곤 낚싯대를 들어 올렸다. 물고기는 미끼만 먹고 사라졌다.

"이런."

페르젠이 혀를 차며 낚싯바늘에 미끼를 새로 달았다. 그가 늘어지게 하품을 했다.

깡.

누가 쇳소리를 냈다. 무기를 부딪치는 소리였다.

페르젠이 뒤를 돌아봤다.

"영감, 물고기는 좀 잡았어?"

유릭이 나무 밑에 앉아 있었다. 페르젠의 눈동자가 서서히 커졌다. 입꼬리가 슬며시 올라갔다.

"내가 물고기가 낚으려고 왔겠나? 시간이나 낚아보려고 온 거지. 홋홋."

페르젠이 낚싯대를 던지며 말했다.

"영감탱이 같은 소리만 하는구만."

끼리릭.

유릭이 칼끝을 땅에 대며 팽이처럼 돌렸다.

"내게 궁금한 게 있나? 유릭."

"내가 어디서 왔는지 알아?"

"대충 예상은 가네. 도노반에게 듣기론 자네를 처음 만난 곳이 앙카라라고 하더군. 하늘산맥에서 멀지 않은 도시지. 거기다 자네의 북부어 연기를 듣는 순간 확신했지."

페르젠의 말을 들은 유릭이 일어섰다.

"그렇군. 칼을 들어. 제국강철검이야. 나는 도끼를 쓸 테니까."

유릭이 강철검을 페르젠 앞에 던졌다. 유릭은 쌍수도끼를 이리저리 흔들며 몸을 풀었다.

"자비롭군. 내가 자는 사이에 등을 찌르면 될 텐데."

페르젠이 모든 걸 예상했다는 듯이 칼을 잡았다.

"그건 내 방식이 아니야. 혹시 해서 물어보는 건데, 황제도 알고 있나?"

"나만 알고 있네. 누구에게도 알리지 않았어. 하늘산맥을 넘은 자여."

유릭이 눈을 크게 떴다. 그는 페르젠을 이해하지 못했다.

'어째서 주변에 알리지 않은 거지?'

그런 생각밖에 들지 않았다. 페르젠이 거짓말을 할 것 같진 않았다. 하지만 페르젠의 언행은 기이했다. 페르젠은 굳이 유릭을 도발했다.

"영감만 죽이면 된다는 거로군. 말해줘서 고마워."

"별말씀을."

페르젠이 기품 있게 묵례했다. 그가 칼을 잡았다.

"바위도끼 부족의 유릭이다. 오늘 영감의 한 많은 인생을 끝내주려고 왔어."

유릭이 도끼를 붕붕 휘둘렀다. 공기를 가르는 소리가 섬뜩했다.

"내 이름은 페르젠."

페르젠이 짧게 대답했다. 유릭이 고개를 옆으로 기울이며 반문했다.

"그것뿐?"

"내 소개는 그거면 충분하네."

페르젠이 칼을 높게 들었다. 올빼미의 자세였다. 새가 날개를 펼치듯 페르젠의 어깨를 꼿꼿이 했다. 바위도 자를 듯이 단단한 자세였다.

'대단해.'

유릭은 감탄했다. 일흔이 넘은 영감이라고 믿기 힘든 기세였다.

'내가 저 나이에 저럴 수 있을까?'

장담하기 힘들었다. 전사라면 페르젠을 존경할 수밖에 없었다. 뼈를 깎는 자기 관리가 눈에 훤히 보였다.

"후우."

페르젠이 숨을 들이마셨다. 숨을 뱉는 건 검을 휘두르는 한 순간.

백안에서 안광이 흐르는 듯했다. 평생을 갈고닦은 자세는 흐트러짐 없이 완벽했다. 검을 휘두르는 근육의 탄력만큼은 아직 살아 있었다.

스르륵.

유릭이 도끼를 하나씩 쥔 양팔을 늘어뜨리며 접근했다. 얼핏 보면 무기를 휘두르는 동선이 길 뿐인 무방비한 자세다.

'하지만 상대는 야만인이지. 그것도 육체 능력이 비범한 사내. 신의 축복을 받았다고밖에 표현할 수 없는 초인.'

야만인들은 엉망진창인 자세로도 어처구니없을 만큼 무기를 빠르게 휘두른다. 오히려 동선이 긴 만큼 일격 하나하나가 과할 정도로 묵직했다.

'그 공격에 얼마나 많은 기사가 죽었던가.'

페르젠이 웃었다. 조잡한 철제 무기를 든 야만인들. 우습게 정복하리라 생각했었다. 그건 오산이었다.

북부 야만인과의 전쟁은 고통의 연속이었다. 낯선 추위는 기사들을 괴롭혔다. 페르젠도 동상으로 발가락을 세 개나 잘라냈다. 더군다나 야만인 사내는 모두가 숙련된 전사였다. 그들의 신은 전사를 사랑했고, 신에게 사랑받기 위해 전사들은 싸웠다.

저벅.

유릭이 다가온다. 거리가 가깝다. 무기의 사정거리까지는 앞으로 한 발자국.

둘 다 방어보다 공격에 치중한 자세다. 싸움이 길어질 리가 없다. 더 빠르고 더 교활한 자가 이길 것이다.

저벅.

유릭은 한 발자국 더 내디뎠다. 칼을 든 페르젠의 공격 거리가 더 길다.

'선공은 양보해 주지.'

유릭이 눈을 번뜩였다. 그의 팔도 움직였다.

페르젠이 취한 올빼미의 자세는 칼을 높게 든 자세다. 그는 그 자세로 대각선 베기를 했다. 올빼미의 분노라고도 불리는 기술이다. 올빼미의 분노는 단순한 대각선 베기다. 하지만 기사들에게는 최강의 기술이라 불린다.

'가장 단순하지만 가장 강한 기술.'

찌르기는 평소에 쓰지 않는 근육을 쓴다. 단련하지 않으면 부자연스럽다. 하지만 베기는 인간의 본능이다. 어린아이에게 칼을 쥐어주면 위에서 아래로 베는 대각선 베기를 가장 처음 한다. 올빼미의 분노는 가장 자연스러운 검술이다. 그만큼 강하다.

카아앙!

유릭이 도끼날을 들어서 페르젠의 칼을 휘어감듯 걸었다. 페르젠의 검로가 흐트러졌다.

"오오오!"

유릭이 포효하며 페르젠의 코앞까지 다가왔다. 머리를 힘껏 뒤로 젖혔다가 앞으로 당겼다.

쿵!

강력한 박치기가 페르젠의 뇌를 흔들었다. 늙은 두개골은 금이 갔다. 페르젠은 정신이 없어 눈을 질끈 감았다.

유릭은 멀쩡하게 눈을 부릅뜨고 도끼를 휘둘러 페르젠의 오른손을 잘랐다. 칼을 쥔 오른손이 잘려 바닥에 떨어졌다.

"읍."

페르젠이 비명을 삼키며 왼손으로 유릭의 턱을 올려쳤다. 유릭은 혀를 깨물 뻔했다. 머리통이 흔들려서 발걸음이 비틀거렸다.

쿵.

페르젠은 이어서 유릭의 가랑이 사이를 걷어찼다. 가죽으로 감싼 급소였지만 충격은 아랫배까지 파고들었다. 실전으로 단련된 급소 공격이었다.

"크으."

유릭은 당장이라도 가랑이를 감싸고 뒹굴고 싶었다. 그가 인상을 찌푸렸다.

"빌어먹을 영감탱이가아아!"

유릭이 소리를 지르며 달려갔다. 손 하나를 잃은 노인에게 무자비한 일격을 날렸다.

휘릭.

페르젠이 허리춤에서 호신용 단도를 꺼냈다. 왼손으로 단도만 쥐고 유릭과 마주했다. 곰과 싸우는 사냥꾼 같았다. 단지 그 곰은 영리하며 말을 할 줄 알았다. 거기다 양손에는 발톱 대신에 도끼가 있었다.

단도로 도끼와 날을 마주쳤다간 손목이 꺾인다. 페르젠이 땅바닥을 굴렀다.

천하의 검귀, 기사 중의 기사 페르젠!

하지만 지금은 더 강한 자 앞에 선 약자에 불과했다. 약자가 강자에게 이기기 위해서는 땅바닥을 구르며 먼지를 뒤집어써야 한다.

유릭은 젊고 강하다. 페르젠은 노인이다. 전설적인 명성이 육체를 강하게 만들어주진 않는다.

부웅!

유릭의 도끼가 폭풍처럼 사방을 갈랐다. 페르젠이 쥐새끼처럼 몸을 뒤로 젖히며 도끼날을 피했다. 유릭이 도끼를 마구잡이로 휘두르는 척하다가 던졌다. 녹슨 백안은 그 움직임을 읽지 못했다.

콰직!

도끼가 페르젠의 가슴에 박혔다.

"쥐새끼처럼 도망가는 것도 끝이야."

유릭이 숨을 씩씩 내뱉으며 말했다.

페르젠은 가슴에 박힌 도끼를 빼지 않았다. 빼는 순간 과다출혈로 죽을 터다. 그만큼 깊게 박힌 도끼였다. 심장이 멈추기까지 얼마 남지 않았다.

"유릭."

페르젠이 새파란 얼굴로 말했다.

"엉?"

"내가 죽거든 땅에 묻어주게."

페르젠이 마지막 숨을 깊게 마시며 달려왔다. 유릭이 옆으로 가볍게 피하면서 페르젠의 등을 도끼로 내려쳤다. 페르젠은 힘없이 바닥에 널브러졌다.

페르젠은 쓰러진 채로 눈을 떴다. 그의 입술이 떨렸다. 심장이 식어갔다.

"울가로여."

페르젠의 흐린 눈은 검의 언덕을 보고 있었다.

자신의 신을 배신한 자는 저주를 받으리라. 페르젠의 저주가 끝났다.

"뭐……?"

유릭은 페르젠의 마지막 말을 똑똑히 들었다.

'울가로.'

유릭의 동공이 요동쳤다.

유릭의 손가락은 지저분했다. 손톱 사이사이까지 흙이 끼었다.

"저승길 부탁이 참 더러워, 영감."

유릭이 투덜거리며 웃었다. 그는 사람 하나 누울 자리를 팠다. 연못에서 꽤나 떨어진 산속이었다.

'나는 죽어라 땅을 팠는데, 댁은 끝내주게 편안해 보이는군.'

유릭은 페르젠의 시신을 질질 끌고 와서 구덩이에 집어넣었다.

"후우."

숨을 돌린 유릭이 하늘을 바라봤다. 날이 어둑어둑했다. 밤벌레들이 유릭의 발아래에서 기어 다녔다.

우직.

유릭이 귀뚜라미 하나를 낚아채서 으적으적 씹어 먹었다. 그는 손에 잡히는 벌레들은 아무거나 입안에 털어 넣었다.

"쓰읍."

유릭이 이 사이에 낀 귀뚜라미 다리를 뱉어내며 페르젠을 다시 한번 쳐다봤다.

"도대체 마지막에 그건 뭐였냐고. 거기서 왜 울가로가 나와? 루여! 라고 말해야 하는 거 아니야?"

대답은 없다. 유릭이 툴툴거리며 페르젠의 얼굴에 흙 한 줌을 뿌렸다.

당장이라도 페르젠의 멱살을 잡아서 뺨을 때리고 싶었다. 만약 페르젠이 다시 살아난다면 얼마든지 그럴 터다.

"아오. 더럽게 찝찝하네, 정말."

유릭이 고개를 꺾으며 일어섰다. 그는 파낸 흙으로 페르젠을 덮었다.

'울가로.'

그건 문명인의 신이 아니라 북부의 신이다. 문명인 페르젠, 기사 중의 기사 페르젠, 검귀 페르젠. 그는 야만에게 승리한 문명의 상징이었다. 그런 그가 울가로의 이름을 부르짖으며 죽었다.

'세상 사람들이 알면 기절하겠군.'

언제부터 페르젠이 북부의 신을 믿었을까?

유릭이 알 도리는 없었다. 태양교에 감화된 야만인들처럼, 문명인 페르젠도 북부의 신화에 감화되었다. 페르젠은 그 사실을 평생 숨겨왔을 터다.

'결국 날 이용해 먹은 거로군.'

울가로를 믿는 사내가 가장 두려워하는 것은 죽음이 아니다. 전사가 아닌 병자로 침대에서 죽는 것.

'페르젠도 묫자리를 찾아 헤매는 망자였을 뿐.'

페르젠은 죽기 위해 이번 내전에 참가했다. 그 나이를 먹고도 선봉에 섰던 이유다. 누군가의 칼이 자신을 죽여주길 바라며 싸웠었다. 일부러 죽는 게 용납될 리가 없다. 용맹하게 싸우다 죽어야 한다.

하지만 감히 누가 전설이 된 페르젠을 죽이겠는가? 그런 담력과 실력을 가진 자가 몇이나 될까?

"그래서 나를 골랐지."

유릭은 강한 전사였고, 페르젠을 죽일 만한 동기도 있었다. 페르젠의 도발에 뻔히 넘어간 셈이었다.

"기분 좋게 죽었나 봐? 표정이 좋군, 검귀 영감. 어떻게 다리 위에서 백 명을 막아냈는지는 아직 듣지 못했는데 말이야."

유릭이 흙을 전부 덮었다. 발로 흙을 짓밟아 다졌다. 그 위로는 수풀들을 쌓아 덮었다. 행여나 행방불명이 된 페르젠을 누군가 찾아내면 곤란하다.

"만족스러운 삶이었어?"

시체는 대답은 없다. 하지만 환청이 머릿속에 들리는 듯했다. 페르젠의 웃음소리가 귓가에 맴돌았다.

'죽음조차 불공평하군.'

유릭은 바크만을 생각했다. 바크만은 죽기 싫어했다. 그는 살고 싶어 고통스러워하며 발버둥 쳤다. 만족스러운 죽음을 맞이한 페르젠을 보면 바크만이 무슨 말을 할까?

"여튼 영감의 말은 전부 믿어. 아무에게도 말하지 않았겠지. 황제가 산맥 너머를 발견하든 말든 댁이 죽은 후의 이야기였을 테니까."

페르젠에게 중요한 건 전사로 죽는 것. 그것 말고 나머지는 고려할 가치도 없었을 터다. 어렴풋이 이해할 것도 같았다.

분명 페르젠은 북부인을 처음 봤을 때 충격을 먹었을 터다. 죽음을 두려워하지 않는 전사들, 그 근원이 어디에 있는지 궁금했을 것이다. 페르젠은 문명인이기 전에 전사였다.

야만과 문명의 충돌은 일방적이지 않았다. 야만이 문명에 홀린 것처럼 문명도 야만에 홀렸다. 서로에게 없는 걸 탐했다.

"루."

유릭이 태양 펜던트를 꺼냈다. 성직자 고트발의 말이 생각났다. 한참이나 잊고 있었다.

"남을 사랑하고, 자비를 베푸세요. 그럼 당신의 영혼은 더 강해질 겁니다."

태양신 루는 자애의 신.

"남을 사랑하고."

유릭이 고트발의 말을 한마디씩 따라 했다.

"자비를 베풀어라."

태양 펜던트를 든 손이 떨렸다. 유릭이 태양 장식을 눈앞까지 끌어 올렸다.

'미안, 고트발. 역시 안 되겠어.'

사랑과 자비, 전사에게 너무나 머나먼 단어.

유릭이 뒤를 돌아봤다. 자신의 발자취를 응시했다. 태양빛을 피해 숨어 있던 악령들이 스멀스멀 보인다. 유릭은 끈적이는 피와 악취 나는 내장을 밟으며 걸어왔다. 사랑과 자비와는 거리가 먼 길이었다.

"자, 그럼 내 영혼은 어디로 갈까?"

유릭이 산을 내려왔다. 그는 태양 펜던트를 연못에 던졌다.

검귀 페르젠이 사라졌다. 그 소문이 파다하게 퍼졌다. 페르젠의 행방불명은 주둔지를 떠들썩하게 만들었다.

"벌써 사흘이나 지났소! 다름 아닌 그 검귀 페르젠이란 말이오!"

제국기사가 탁자를 쾅 하고 내려쳤다. 그가 흥분했다.

"그 대단한 페르젠 장군이 어린아이도 아니고 길을 잃어서 돌아오지 못할 리가 없잖습니까."

다른 귀족이 대답했다. 화를 낸다고 사라진 페르젠이 돌아오는 건 아니었다.

"수색은 계속할 겁니다. 하지만 만약 페르젠 장군께서 작정하고 몸을 숨기신 거라면 찾을 수 없겠지요."

이야기를 듣던 파헬이 결론을 내리듯 말했다. 시끄럽던 좌중이 조용해졌다.

제국군은 별동대를 조직해 페르젠 수색에 나섰다. 그들은 주둔지 주변을 샅샅이 뒤졌지만 페르젠이 쓰던 낚싯대밖에 찾지 못했다.

소문이 돌았다. 추측만 난무했다.

"검귀 페르젠이 죽었다고? 설마."

"싸움에 지쳐 은거한 거겠지."

"듣기론 하르마티가 암살자를 보냈다고 하던데?"

페르젠이 사라진 것만으로도 군대의 사기가 떨어졌다. 불온한 말들이 오갔다. 하지만 전세에는 영향이 없었다. 이미 승기를 잡았으며 성의 함락은 시간문제였다. 보급 물자조차 끊긴 성에서는 탈영병들이 속출했다.

"정말 페르젠 장군이 죽은 걸까?"

"글쎄. 시체를 찾지 못했잖아."

"페르젠 장군은 죽지 않아. 루의 축복을 받은 기사라고. 일흔이 넘었는데 선봉에서 싸우는 걸 봤잖아. 루의 축복을 받지 않았으면 어떻게 그렇게 싸운단 말이야?"

병사들이 고기를 뜯으며 떠들었다. 그들은 간만에 포식을 했다.

지글지글.

고기가 연기를 내며 맛있게 익어갔다. 병사들은 이웃 영지에서 가축들을 대량으로 사들여 도축했다. 그들은 연회를 벌이며 성 바깥에서 고기를 구웠다. 고기 냄새가 성벽을 타고 넘어갔다.

"먹고 싶어서 미칠걸? 성안에서는 쥐새끼라도 잡아먹고 있는 거 아니야?"

병사들이 키득키득 웃었다. 단순하지만 효과적인 방법이었다. 굶주림에는 장사가 없다. 이런 포위전에서는 고기 굽는 냄새만으로도 적들의 사기가 떨어진다.

"고기 연회라니, 좋은 판단이군. 검귀의 실종으로 떨어진 사기를 올리면서 적들의 사기도 떨어뜨렸어."

스벤이 막 구운 고기를 도끼날로 자르며 말했다. 그는 자른 고기를 유릭에게 넘겼다.

"이상하게 여기는 사람은 없지?"

유릭이 눈을 흘기며 말했다. 이야기를 듣는 사람은 스벤과 북부인밖에 없었다.

"입을 잘 맞춰놨지. 자넨 그 시간에 우리와 주사위 놀이를 하고 있었던 거네. 나와 북부 형제들이 증인이지."

다른 북부인들이 묵묵히 고개를 끄덕였다. 그들은 충실한 북부의 아들들이다. 당연히 검귀 페르젠에 대한 감정이 좋을 리가 없었다. 입이 무거운 그들은 무덤까지 진실을 가지고 갈 터다.

"시체도 찾지 못한 것 같고. 이대로 페르젠은 전설적인 존재로 남겠군."

유릭이 중얼거렸다.

"시간이 흘러 세월이 지나더라도 검귀가 살아 있을 거란 소문이 항상 떠돌겠지. 전설이란 그런 거니까."

벌써부터 주둔지에서는 페르젠을 봤다는 말이 가끔 돌았다. 숲에서 홀로 낚시를 하고 있다든가 가죽옷을 입고 사냥하며 자급자족을 하더라 같은 헛소문들이었다. 그때마다 수색대를 파견했지만 페르젠의 흔적은 없었다.

"스벤, 조금 있다 나 좀 봐."

유릭이 다른 북부인들을 흘겨보며 말했다. 북부인들이 적당히 고기를 덜어가더니 눈치껏 흩어졌다.

"말해보게, 유릭. 저번부터 뭔가 말하고 싶어 하더군. 페르젠과 관련된 이야기인가?"

"맞아. 페르젠에 대한 이야기지."

"솔직히 말해서 검귀의 최후가 어땠는지 말해줄 때까지 몇 날 며칠을 기다렸네."

스벤이 눈을 반짝이며 술병을 가져왔다. 그는 유릭을 재촉했다.

"크으. 독하네, 이거."

유릭이 벌꿀술을 맥주처럼 벌컥벌컥 마시며 외쳤다. 불꽃을 삼키는 맛이었다.

유릭의 눈동자가 흐트러졌다. 그는 현재가 아닌 페르젠과 있었던 과거를 보고 있었다. 가슴 한쪽이 아려왔다. 유릭이 왼쪽 가슴을 매만졌다.

'역시 댁을 죽이긴 싫었어.'

유릭은 페르젠이 좋았다. 멋진 전사였으며 존경할 만한 사내였다. 그와 어깨를 나란히 하며 더 오랜 시간을 보내고 싶었다. 페르젠이 부른다면 이득 없는 싸움이라도 뛰쳐나갔을 터다.

'평생을 전사로만 살아가다 죽은 사내. 전사가 아닌 삶은 생각조차 하지 않았지.'

유릭이 마시던 술을 모닥불에 부으려다가 바닥에 졸졸 흘려보냈다. 스벤이 눈을 크게 떴다.

"페르젠은 낚시를 하고 있었지. 물고기를 좀 잡았냐고 물어보니 시간을 낚고 있다고 말하더군. 나는 헛소리라며 웃었어."

유릭이 눈을 게슴츠레 뜨며 말했다. 그가 페르젠과 있었던 일들을 조곤조곤 풀어 나갔다. 스벤이 고개만 끄덕이며 그 말을 들었다.

타닥.

불씨가 올라간다.

"페르젠은 자신이 죽거든 묻어달라 말했고, 마지막에 내뱉은 말이 뭔지 알아?"

스벤의 동공이 커졌다. 그의 팔다리가 미미하게 떨렸다. 들고 있던 술잔이 출렁였다.

"울가로여……."

스벤이 탄식하듯 말했다. 유릭은 웃었다.

"그래, 울가로였어."

스벤이 손으로 머리를 지탱했다. 그가 깊은 고뇌에 잠겼다.

'어째서 우리의 숙적이…….'

검귀 페르젠, 그의 손짓과 칼놀림이 죽어 나간 형제가 몇이던가? 그가 울가로 곁으로 보낸 전사가 얼마인가? 그런 그가 울가로의 이름을 외치며 검의 언덕을 찾아갔다.

"이건 말도 안 되네. 있을 수 없는 일이란 말일세."

언제나 침착했던 스벤조차 고개를 몇 번이고 흔들었다.

"하지만 사실이야. 그것도 꽤 오래전부터 북부의 신을 믿고 있었던 것 같아."

스벤이 술을 들이켰다. 그는 유릭보다 더 큰 충격을 받았다.

"이를 어찌 받아들여야 할지 모르겠군."

"내가 보기에 페르젠은 전사로 죽었어. 내가 봐온 북부의 전사답게. 명예니 어쩌니 하면서 고귀하게 죽으려고 하지도 않았어. 마지막까지 추악하게 땅바닥을 뒹굴고 내 거시기까지 차가며 저항했지. 그야말로 싸우다 죽었어."

스벤의 머릿속에 그 광경이 훤히 보였다. 그가 이를 바득 깨물었다.

"그렇다면 받아들일 수밖에. 울가로께서 페르젠을 검의 언덕에 들여보냈는지 아닌지는 내가 나중에 가 보면 알 일이지."

스벤이 체념하듯 말했다. 페르젠이 진정 북부의 혼을 이었는지 아닌지는 울가로의 판단에 맡길 뿐이었다.

"스벤, 오늘 밤은 북부의 신에 대해 좀 더 알려줘. 그 검귀조차 유혹한 요망한 신이 얼마나 대단한지 들어나 보자고."

유릭이 무릎을 치며 웃었다. 그의 얼굴은 취기로 달아올랐다.

"…신성모독이네. 내 생각에 자넨 천벌을 받을 걸세. 루에게든 울가로에게든."

스벤이 이맛살을 찌푸렸다.

Chapter 9

가을 바다에서 불어오는 밤바람이 차갑다. 가죽을 껴입은 유릭도 움찔했다.

척.

유릭이 손을 위로 뻗어서 해안 절벽을 올랐다.

"후읍."

숨을 들이마시며 몸을 위로 당겼다. 그는 잽싸게 절벽 틈으로 손가락을 집어넣어서 몸을 지탱했다.

'내가 하겠다고 나서는 게 아니었어.'

유릭은 절벽 사이로 몸을 끼우며 잠시 휴식을 취했다. 그가 밑을 바라봤다. 병사들이 유릭이 올라간 절벽 길을 따라 올라왔다.

'나도 이 정도로 지치는데, 저놈들은 죽을 맛이겠군.

주둔지에서 체력이 좋은 자들로만 따로 뽑았는데도 저 지경이다.

병사들의 안색은 곧 죽을 사람처럼 새파랬다. 씩씩 숨을 깊게 내뱉으며 후들거리는 팔을 뻗었다. 그들은 무거운 갑옷은 버리고 방패와 무기만 등에 짊어지고 있었다.

철써- 억!

파도가 절벽과 부딪혔다. 물보라가 크게 일었다.

“휘유, 떨어지면 목숨을 건지기도 힘들겠는걸.”

유릭이 가죽 물통을 꺼내며 말했다. 목을 축인 유릭이 다시 위를 바라봤다.

‘겨울이 오기 전에 공성전을 끝내고 싶어 하는 마음은 알겠지만 이건 좀 힘드네, 파헬.’

지휘부에서는 여러 전략을 짜내봤지만 병력 소모가 심한지라 기각됐다. 포를카나의 영주들은 물론이고 제국군 지휘관들도 자신의 병사들을 아꼈다.

겨울이 오기 전에 해볼 만한 작전은 침투전 정도였다. 감시가 허술한 해안 절벽으로 침투한 뒤에 성문을 여는 것. 유릭이 맡은 임무였다.

“하악, 하악.”

유릭 옆까지 올라온 병사들이 숨을 크게 헐떡였다. 그들은 절벽 사이에 모여서 숨을 돌리며 체력을 보충했다. 하나같이 체력에는 자신 있는 병사들이었고, 절벽을 오르는 자들 중에는 제국기사도 있었다.

"아직 절반이로군."

절벽 사이에서 쉬던 병사가 낙담하듯 중얼거렸다.

'나를 포함해 14명.'

유릭이 병사의 숫자를 셌다. 아직 떨어진 사람은 없었다.

'하기야 숫자가 많다고 성공 확률이 올라가는 작전도 아니고. 이런 절벽을 오를 수 있는 병사가 많았다면 진작 절벽을 타고 넘어 성을 함락시켰겠지.'

지금의 별동대원들도 고르고 고른 장정이다. 다들 자기 부대에서는 최고라고 불리는 병사들이었다. 제국기사야 말할 것도 없다.

"그럼 쉬면서 내가 올라가는 길을 잘 봐두라고."

먼저 도착했던 유릭이 숨을 다 골랐다. 그가 출발할 준비를 했다.

"고맙소, 유릭."

제국기사가 유릭을 보며 말했다. 유릭은 위험한 역할도 군말 없이 수행했다. 야만인이라도 존중할 수밖에 없었다.

'대단한 장사로군.'

다른 사내들이 올라가는 유릭을 바라봤다. 유릭이 어두컴컴한 절벽을 펄떡펄떡 뛰어올랐다.

“거, 원숭이가 따로 없네.”

병사가 하나가 웃으며 말했다.

유릭은 바닷바람으로 불안한 절벽을 먼저 오르며 절벽 길을 개척했다. 손 하나만 잘못 디뎌도 떨어져 죽을 터. 유릭은 일일이 무른 바위와 단단한 바위를 확인해 가며 다른 사내들을 인도했다.

유릭과 병사들은 성벽 밑에 도착했다. 해안 절벽 쪽의 성벽은 보수가 꼼꼼하지 않고 높이도 낮았다. 바닷바람을 맞아 벌어진 성벽은 지친 병사들도 쉽게 올라갈 듯했다.

스륵.

유릭이 단도를 입에 물었다. 그가 수신호로 병사를 나눴다. 그들은 3, 4명씩 조를 짜서 움직였다. 조장 역할은 같이 올라온 제국기사들이 맡았다.

‘보초들을 제거하며 성벽 위로 이동해 성문을 연다. 신호를 보내면 성문 주변에 매복해 있던 병사들이 일제히 행동.’

유릭이 작전 내용을 떠올렸다. 유릭의 역할이 중요했다. 성문을 열지 못하면 공격 시도도 못 하고 끝난다.

좌아아아아!

유릭은 바람과 파도가 몰아칠 때까지 기다렸다. 곧 세찬 바람이 불어왔다. 소금기 어린 바람이 적들의 눈을 가렸고, 파도 소리는 적들의 귀를 막았다.

척.

유릭이 신호를 보냈다. 병사들이 성벽을 올랐다.

'둘.'

성벽을 가장 먼저 오른 유릭이 눈을 흘겼다. 성벽을 순찰하는 보초가 보였다. 예상대로 해안 절벽은 경계가 느슨했다.

뿌득.

유릭이 성벽 위로 뛰어오르며 보초를 제압했다. 목을 잡아서 그대로 꺾었다.

"어? 꺽!"

다른 보초가 유릭을 보곤 소리를 지르려고 했으나, 유릭을 따라 올라온 병사가 그의 목을 찔렀다.

"읏차."

유릭이 가볍게 소리를 내며 죽은 보초들을 성벽 밑으로 던졌다.

"자, 가자고. 친구들."

유릭의 손짓을 따라 병사들이 자세를 낮추며 움직였다. 그들은 그림자에 숨어서 보초들의 눈을 피했다.

성벽을 올라온 별동대원들은 노련했고, 보초들의 질은 떨어졌다. 순조롭게 성벽 위를 진전했다.

"어?"

하지만 예상 밖의 상황은 언제나 있는 법이었다. 밤늦게 성벽 밑을 오가는 병사가 있었다.

병사는 눈을 비비고 있었다. 소변이라도 보려고 잠깐 나온 걸까? 그 병사가 성벽을 올려다봤다. 그림자 같은 게 그의 눈에 보였다.

"어이, 거기 누구 있어? 있으면 대답 좀 하라고."

병사가 성벽을 올려다보며 말했다. 이상할 정도로 집요했다.

'망할.'

성벽에 바짝 붙은 유릭과 병사들은 숨을 죽였다. 그들의 눈동자만 데굴데굴 움직였다.

"이봐, 거기 있는 거 안다고."

병사가 다시 한번 말했다. 목소리가 점점 커졌다.

스륵.

유릭이 움직였다. 그가 성벽에서 뛰어내리며 병사를 덮쳤다. 그는 정확하게 병사의 목을 잡아서 짓눌렀다.

우득.

유릭이 병사의 목뼈가 짓눌렀다. 부러지는 소리가 손끝에서 들렸다.

"어라?"

기척을 느낀 유릭이 뒤를 돌아봤다. 성벽 그늘 밑에 누군가 서 있었다.

"꺄아아아아!"

카랑카랑한 여자의 비명이었다.

'빌어먹을, 여자랑 붙어먹으려고 밤중에 몰래 나온 거였군.'

병사가 집요하게 누가 있냐고 물었던 것도 밀회를 들키지 않기 위해서였다.

쿵!

유릭이 여자의 머리를 잡아서 성벽에 처박았다. 여자는 이마에 피를 흘리며 쓰러졌다.

여자의 비명은 금방 이목을 끌었다. 사방에서 횃불이 흔들렸다.

"누구야?"

"적?"

보초들이 몰려왔다. 그들이 횃불을 던지며 주변을 밝혔다.

'실패다.'

작전은 실패했다. 운이 나빴다.

쉭!

보초들이 쇠뇌와 활을 쏴댔다. 위치를 들킨 침입자들이 등에 짊어진 방패를 들어 올리며 연신 후퇴를 외쳤다.

"도망가! 빠져!"

그들은 왔던 길로 내리뛰었다. 유릭은 그들을 따라가지 못했다. 혼자서 성벽 밑에 내려와 있었기 때문이었다. 지금 성벽을 오르다간 인간 과녁이 된다.

'숨어야 돼.'

다행히 성벽 아래에 있는 유릭을 보고 있는 보초는 없었다. 다들 성벽 위의 병사들만 노렸다.

도망가던 병사들이 성벽 아래로 뛰어내렸다. 그들은 왔던 절벽을 내려갔다. 발을 헛디뎌 떨어지는 병사도 있었다. 해안 절벽 아래에 있는 배까지 가는 동안 다섯 명이 죽거나 낙오했다.

"제기랄, 유릭은?"

배에 탄 제국기사가 외쳤다. 유릭을 놓고 온 게 마음에 걸렸다.

"알아서 살아남겠지! 일단 출발해! 방패를 들어!"

병사들이 방패를 들어 올리며 화살 공격을 막았다. 그들은 노를 저어 절벽에서 멀어졌다. 침입은 실패했고, 그들은 유릭을 놔두고 왔다.

홀로 남은 유릭이 건물 사이로 움직였다. 지금은 밤이라서 어떻게든 눈을 피했지만 곧 새벽이 올 터다. 날이 밝으면 사람들의 눈을 피하지 못한다.

'숨을 만한 곳을 찾아야 돼.'

보초들이 죽은 병사의 시체를 보곤 혹시 모를 침입자를 찾기 위해 샅샅이 성을 뒤질 것이다. 어설프게 숨었다간 금방 들킨다.

"킁."

유릭의 콧구멍이 커졌다. 그는 심해지는 악취를 느꼈고, 악취의 근원지를 따라 이동했다.

끼익.

유릭이 오물 구덩이를 발견했다. 배설물을 비롯해 음식 쓰레기를 모아두는 곳이었다. 비가 오면 해안 절벽을 통해 오물이 바다로 떠내려가는 구조였는데, 근래는 비가 많이 오지 않았기에 오물이 쌓여 악취가 진동했다.

"또야?"

어쩐지 익숙한 광경이었다. 하지만 저곳에 출구가 있을지도 모른다. 유릭이 한숨을 크게 내쉬며 숨을 들이마셨다.

철퍽, 철퍽.

유릭이 가슴까지 잠기는 오물 구덩이를 헤쳐 나갔다. 늪처럼 오물이 온몸에 들러붙었다.

"제에에기이일."

오물 구덩이가 점점 깊어져서 머리까지 잠겼다. 바깥으로 나가는 물길은 오물에 틀어 막혀서 반쯤 굳어 있었다.

뿌득뿌득.

유릭이 손으로 굳어서 막힌 오물 구덩이를 파내듯 긁었다.

겨우 사람 하나 지나갈 공간이 생기자 오물들이 꿀럭꿀럭 흘러내려 갔다.

'끄으으으.'

유릭이 좁은 물길 틈을 비집고 나갔다. 그는 말 엉덩이에서 삐져나오는 똥처럼 오물과 함께 바깥으로 튀어나왔다.

"으으."

유릭이 신음하며 팔을 뻗어서 튀어나온 돌을 잡았다. 자칫하면 오물에 밀려서 절벽 아래로 떨어질 뻔했다.

"퉷. 퉷."

유릭이 침을 뱉으며 주변을 바라봤다. 다행히 이쪽으로는 보초가 없었다.

'가파르군. 그리고 배도 없어.'

상황은 암담했다. 이쪽 절벽은 아까보다 훨씬 가파르다. 사람이 내려갈 곳은 없어 보였다. 절벽 밑은 파도 때문에 물보라가 계속 일었다. 유릭은 바다에 대해 잘 모르지만 적어도 수영할 만한 곳이 아닌 건 알았다.

'해안가는 멀어. 가다가 보초한테 걸리겠지.'

기껏 성벽 바깥으로 나와도 갈 곳이 없었다.

뎅! 뎅!

종을 치는 소리가 성벽에서 들렸다. 성벽 내부가 무척이나 소란스러웠다.

'파헬은 겨울이 오기 전에 내전을 끝내고 싶어 했지.'

유릭이 높게 솟은 내성을 바라봤다. 하르마티 공작과 같은 이번 내전의 핵심 인사들이 내성에 머물고 있을 터다.

'하르마티의 목만 베면 내전이 끝나.'

유릭이 자신의 몸이 들어갈 만한 절벽 틈을 찾아냈다. 그는 절벽 둥지를 찾은 바닷새처럼 그곳에 몸을 끼워 넣고 눈을 감았다. 그는 체력 보충을 위해 잠을 잤다.

유릭은 계획을 수정했다. 그는 하르마티 공작의 목을 베서 돌아갈 생각이었다.

"유릭이 아직 돌아오지 않았어! 역시 거기에 보내는 게 아니었다고!"

파헬이 흥분하며 외쳤다. 별동대가 임무에 실패하고 돌아온 지 하루가 지났다. 돌아온 자는 일곱 명에 불과했다.

"유릭이라면 어떻게든 혼자서 빠져나올 겁니다. 진정하시지요, 왕자님."

필리온이 파헬을 달래듯 말했다. 이성을 잃고 흥분하는 파헬은 오랜만이었다.

"유릭도 사람이야! 인간이라고! 어떻게 혼자서 저곳을 빠져

나온단 소리야?"

파헬이 의자를 걷어차며 외쳤다. 다행히 천막 안에는 파헬과 필리온뿐이었다.

'야만인 용병 하나 때문에 이렇게 흥분했다는 걸 다른 사람이 알면 좋지 않아.'

이제 파헬은 단순한 철부지 도련님이 아니다. 장차 왕이 될 사람이다. 유릭과는 거리를 둬야 했다. 귀족들은 자신들의 주군이 야만인 용병과 친하게 지내는 걸 좋게 생각하지 않는다.

'유릭도 한계가 있는 사람이야. 힘들면 주저앉기도 한다고.'

파헬은 유릭이 죽을 뻔한 걸 몇 번이나 봤었다. 유릭은 결코 무적이 아니다.

"당장 귀족과 지휘관들을 소집해. 전면전에 들어간다. 공성병기도 충분히 만들었어."

파헬이 손톱을 잘근잘근 깨물며 말했다. 그의 눈동자가 뜨거웠다.

짝!

필리온이 장갑을 벗으며 파헬의 뺨을 때렸다. 손가락이 대부분 없는 오른손이었다.

"정신 차리십쇼, 왕자님. 그 말 한마디에 수천 명의 목숨이 오갑니다. 그렇게 감정적으로 쉽게 내뱉을 말이 아닙니다."

파헬이 한 손으로 빨개진 뺨을 감쌌다. 그의 눈동자가 차분하게 가라앉았다.

"경의 말이 옳아."

파헬은 내전의 피해를 최소화하기 위해 노력했었다. 그는 방금 자신이 무슨 짓을 하려 했는지 깨달았다. 거기다 영주들은 전면전에 반대할 거다. 파헬의 결정만으로 전면전을 강행한다면 감정만 앞서는 무능한 왕으로 찍히고 만다.

'내 손으로 모든 걸 망칠 뻔했어.'

필리온이 찬물이 담긴 청동잔을 가져와서 파헬의 붉은 뺨에 가져다 댔다.

"유릭은 좋은 의미로 괴물 같은 사내입니다. 그렇게 쉽게 죽진 않을 겁니다. 더군다나 하르마티가 유릭을 생포했거나 죽였다면 분명 하르마티 쪽에서 뭐라 언질이 왔겠죠. 하르마티도 유릭의 얼굴을 알고 있지 않습니까."

파헬은 뺨에 대고 있던 청동잔을 입에 가져갔다. 그는 물을 마시며 고개를 끄덕였다.

"급전입니다!"

기사 한 명이 천막 바깥에서 외쳤다. 필리온이 천막 입구를 가린 천을 젖혔다.

"무슨 일이냐?"

"성벽에서 우리 병사들을 장대에 매달아 고문하고 있다고 합니다. 아무래도 사로잡힌 별동대원들 같습니다!"

필리온이 한 손을 이마에 댔다. 그가 고개를 절레절레 흔들었다.

"당장 그곳으로 안내해라."

파헬이 사납게 눈을 떴다. 그가 물잔을 내던지며 외투를 걸쳤다.

'만약 유릭이 잡혔다면…….'

파헬이 가슴을 움켜잡았다.

'그땐 내가 무슨 짓을 할지 나도 모르겠어.'

필리온이 불안한 눈으로 파헬의 등을 좇았다. 그가 낮게 중얼거렸다.

"제발, 유릭이 아니길."

파헬과 필리온은 주둔지 전방에 도착했다. 이미 병사들이 술렁이며 떠들어 대고 있었다.

"신원은 확인했나?"

필리온이 병사를 붙잡으며 물었다.

"지금 확인하고 있습니다."

시력이 좋은 병사가 성벽 위를 관찰했다. 장대에 묶인 포로는 세 명이었다. 피투성이라 얼굴이 잘 보이지 않았다.

'유릭은 저기에 없어.'

눈을 찌푸리고 성벽을 확인한 파헬은 안도의 한숨을 내쉬었다.

이목구비를 보지 않아도 알았다. 유릭은 덩치가 크다. 성벽 위에 매달린 포로 중에서 유릭만큼 덩치가 큰 자는 없었다.

필리온도 유릭이 없다는 걸 알았다. 그는 진정한 파헬을 보며 식은땀을 닦았다.

'잡힌 병사들에겐 미안하지만 유릭이 아닌 게 다행이야. 자칫하면 거사를 망칠 뻔했어.'

성벽 위에 매달린 포로들은 극심한 고문을 받은 듯했다. 그들은 어차피 죽을 목숨이었다.

"하르마티 공작이야말로 진정한 포르카나의 왕이며, 포르카나를 강하게 만들 귀인이시다!"

성문에 묶인 포로가 그렇게 외쳤다. 목소리가 울먹이며 떨렸다.

"유약한 바르카 왕자가 왕이 되어봤자 포르카나의 미래는 어두울 뿐! 제국의 배를 불려주느라 백성들의 신음을 못 본 체할 것이다!"

다른 포로도 파헬에 대한 험담을 내뱉었다. 포로들은 고문으로 이미 엉망진창이었다.

"흥, 쓸데없는 말을."

병사들은 콧방귀를 뀌었다. 이미 전세가 너무 기울어서 저런 선동 따윈 먹히지도 않았다.

"궁수를 한 명 데려와. 곱게 보내주자고."

포로가 된 병사의 운명은 뻔했다. 귀족과 달리 몸값을 지불할 사람도 없다. 빨리 죽여주는 게 오히려 자비로운 행동이다.

끼이익.

활을 잘 쏘기로 유명한 병사가 앞으로 나왔다. 그는 장궁을 쓰며 팔심도 좋았다. 활시위를 길게 당겨 조준했다.

쉭.

몇 번의 사격 끝에 화살이 성벽에 닿았다. 장대에 묶인 포로들은 화살에 맞아 죽었다.

"루의 자비를."

궁수가 중얼거리며 활을 내려놓았다. 그는 태양 펜던트를 만지며 용서를 구했다. 비록 어쩔 수 없는 상황이었나 동료를 죽였다.

"유릭은 살아 있을 겁니다."

필리온이 파헬 옆에 다가서며 말했다.

"만약 이미 죽었으면?"

파헬이 냉소적으로 말했다. 그는 죽은 포로들을 바라봤다. 자괴감이 들었다.

'나는 저들을 보며 안도했어. 나를 위해 싸우다 붙잡힌 사람인데도……. 오히려 유릭이 잡히지 않아 다행이라고 생각했지.'

파헬의 속내를 알았다면 포로들은 파헬을 향해 온갖 욕을 내뱉으리라.

"부정적인 생각은 좋지 않습니다. 포위망은 단단합니다. 하르마티도 오래 버티지 못하겠죠. 이번 작전으로 성안의 불안은 더 커질 겁니다."

파헬이 억지로 고개를 끄덕였다.

'나는 왕이 될 거야. 설사 유릭이 죽더라도 내 갈 길을 가야 돼.'

태양 펜던트를 꺼내서 매만졌다. 지금까지 자신을 위해 죽은 사람들을 생각했다. 입맛이 썼다.

'살아라, 유릭.'

다른 건 바라지도 않았다. 푸른 눈동자를 들어 성벽을 바라봤다.

Chapter 10

끼룩, 끼룩.

유릭은 갈매기 우는 소리에 눈을 떴다. 좁은 틈에 웅크리고 잠을 잔 터라 온몸이 삐걱이며 비명을 질러댔다.

"빌어먹을."

유릭이 움직였다. 굳은 오물이 껍데기처럼 쩍쩍 갈라지며 떨어져 나갔다. 유릭은 손톱으로 벅벅 긁어서 오물 찌꺼기를 털어냈다.

뿌직.

갈매기들이 유릭의 머리 위에서 똥을 싸며 지나갔다. 하얀 점액질이 유릭의 어깨에 떨어졌다.

"저, 시발."

유릭이 갈매기를 잡아챌 듯이 으르렁거렸다.

'정오쯤인가.'

유릭은 태양의 위치를 보며 시간을 가늠했다. 그는 맑은 시야로 주변을 다시 한번 살폈다.

'해안 절벽과 이어진 성벽, 그 옆으로 깎아지른 절벽을 한 번 더 오르면 내성 쪽으로 기어 올라갈 수 있어.'

유릭이 몸의 상태를 확인했다. 밤새 바닷바람을 맞았으나 굳은 오물 덕분에 오히려 보온이 되었고 겸사겸사 피부도 보호했다.

'단지 더럽게 근질근질하다는 게 문제지.'

유릭이 몸 구석구석을 벅벅 긁었다. 제대로 씻지 않으면 병이라도 걸릴 게 분명했다.

우득, 우득.

유릭이 손가락을 하나씩 굽혔다가 펼쳤다. 충분히 휴식한 터라 손아귀의 힘이 돌아왔다.

'오를 수 있어.'

유릭이 내성으로 이어진 절벽을 바라봤다. 지금 위치에서 어젯밤 올랐던 절벽만큼이나 더 올라야 했다. 성의 위치는 전략적으로 상당히 좋았다. 어찌어찌 외성을 뚫어도, 내성까지는 오르막길이라서 진입하기 어려운 구조였다.

'괜히 제국군조차 공성전을 머뭇거리며 포위전을 한 게 아니지.'

유릭이 장비를 하나씩 확인했다. 강철도끼 두 자루가 그의 허리춤에 잘 매달려 있었다.

"사람 모가지 하나 따는 데 이거면 충분하지."

유릭은 절벽을 조금씩 기어오르며 밤이 오길 기다렸다. 그는 절벽 둥지의 새알을 훔쳐 먹었다. 체력을 보충하며 쉬고 이동하길 반복했다. 지루한 반나절이었다.

유릭 같은 체력을 지닌 전사가 백여 명만 있었어도 하르마티성은 진작 함락됐을 터다. 날이 어둑해질 무렵에 유릭은 내성의 창문이 보이는 곳까지 올라갔다.

내성 뒤쪽의 마지막 절벽 구간은 인간이 올라올 만한 경사가 아니었다. 경사가 단순히 직각이 아니라, 그 이상인지라 인간이 천장을 거꾸로 기어 다니는 거나 마찬가지였다. 성의 경비대장조차 여길 통해 올라올 거라 예상하지 못할 것이다.

"죽을 맛이군."

유릭의 손가락이 벌벌 떨렸다. 팔근육은 터질 듯이 쑤셨다.

'사람이 할 짓이 아니야. 다신 이런 거 안 해.'

평지에 도착한 유릭이 팔을 주무르며 생각했다. 그는 몇 번이나 죽을 고비를 넘기며 암벽을 올랐다.

'여긴 보초가 없군.'

내성 뒤쪽은 보초가 없었다. 오히려 잘 다듬어진 정원이 있었다. 귀족들이 노니는 정원인 듯했다.

'확실히 탁 트여서 경치가 좋아. 정원에서 구경할 맛이 나겠어.'

유릭은 벌러덩 누워서 수평선을 바라봤다. 해가 바다 밑으로 잠겼다.

'태양조차 삼키는 세상의 끝. 하지만 누군가는 저 너머에 동대륙이 있다고 믿고 있지.'

유릭이 주먹을 쥐어 심장이 있는 쪽을 가볍게 쳤다.

'내가 하늘산맥을 넘은 것처럼 파헬도 세상의 끝을 넘어서 동대륙을 찾아내겠지.'

숨을 돌린 유릭이 내성 뒤쪽의 정원을 바라봤다. 내성으로 들어가는 뒷문이 빤히 보였다. 창문을 관찰하니 가끔 사람이 오갔다. 성안에서는 정원 뒤에 숨은 유릭을 보지 못했다.

"허술할 만도 하지."

유릭이 자신이 올라온 절벽을 보며 웃었다. 스스로 자랑스러웠다.

날이 저물자 꽃향기가 더욱 짙었다. 유릭은 정원을 짓밟으며 안으로 들어갔다. 그의 발걸음을 따라 꽃들이 시드는 듯했다. 강렬한 악취와 피비린내가 꽃향기마저 지워 버렸다.

내성의 분위기는 흉흉했다. 외부와 교류가 끊긴 지 한 달이 넘었다. 비축해 둔 물자는 줄어갔다. 아랫사람부터 차례차례 배급이 줄었다.

"아, 배고파라."

시녀가 빨랫감을 옮기다가 굶주린 배를 움켜잡았다. 그녀는 주머니에서 빵조각을 꺼내 입에 물었다. 빵을 녹여 먹듯 천천히 음미했다. 그녀 같은 내성의 하인들은 귀족들이 먹다 남긴 음식이라도 먹을 수 있었다.

'외성에서는 빵 하나 때문에 살인이 일어난다던데……. 그래도 내성의 사정은 나은 편이야.'

봉쇄 때문에 성안의 영지민들은 죽어 나갈 지경이었다. 올해 수확한 곡물들을 아직 성안으로 옮기지도 못했다. 그들은 성 바깥의 농경지에 곡식을 쌓아두고도 굶고 있었다.

정세에 둔한 하인들도 지금 상황이 좋지 않다는 걸 알았다. 귀족들은 불안에 떨고 있었고 흉흉한 소문들이 하루가 멀다 하고 귀에 들어왔다.

"왕이 바뀌면 뭐 하나, 내 신세는 똑같은데."

시녀가 울상을 지었다. 입에 넣었던 빵조각이 흔적도 없이 녹아버렸다. 여전히 배가 고팠다.

똑, 똑.

시녀가 방문을 두드렸다. 그녀의 역할은 귀족들의 빨랫감을 거두는 일이었다.

"들어오너라."

고운 목소리가 들렸다.

'참 아름다우신 분이야. 신분이 어떻게 되시는 걸까?'

말단 시녀인지라 손님으로 머무는 귀족들 신분을 하나하나 알진 못했다. 그저 맡은 일을 할 뿐이었다.

"흐음, 요새 식사가 부실하더구나. 과일과 고기는 보기도 힘들더군."

방 안에는 금발의 여인이 앉아 있었다. 그녀의 눈동자는 맑고 푸르렀다. 옆을 지나치면 뒤돌아보게 만드는 미녀였다.

"그건……."

시녀가 머뭇거렸다.

"사정이야 잘 알고 있지. 딱히 탓하는 게 아니야."

여인이 그리 말하며 잘 구워진 빵을 내밀었다. 시녀가 눈을 크게 떴다.

"이건?"

"흐응, 내 호의를 거절하는 건가?"

"아, 아닙니다! 감사합니다! 아가씨!"

시녀가 냉큼 빵을 받아 들어 빨래바구니 안에 넣었다. 벌써부터 군침이 돌았다.

여인이 상반신을 숙이며 시녀를 빤히 쳐다봤다.

"그나저나 너는 참 못생겼구나. 하기야 얼굴이 반반했다면 아이를 가질 나이인데도 빨래나 들고 다닐 리가 없지."

여인이 조소하며 말했다.

시녀는 담담하게 고개를 끄덕였다. 그녀가 못생긴 건 사실이었다. 얼굴이 예뻤다면 어느 귀족의 첩이라도 되었을 터다. 귀족의 모욕에 마음이 상할 정도의 자존심조차 남아 있지 않았다.

"그렇고말고요. 감사합니다, 아가씨."

시녀가 공손히 말하며 빨랫감을 들고 나갔다.

"어지간히도 상황이 좋지 않나 보네."

홀로 남은 여자가 중얼거렸다. 그녀는 바깥소식을 제대로 듣지 못했다. 하르마티 공작은 불리해진 상황을 굳이 그녀에게 알리지 않았다.

'하르마티 공작은 돌아온 이후로는 내 처소를 찾아오지도 않았어. 내 얼굴 보기가 부끄러운 걸 본인도 아는 거지.'

여인의 머릿결은 금발, 눈동자는 짙은 푸른색. 눈썰미와 교양을 갖춘 사람이라면 그녀가 누구인지는 쉽게 추측할 터다.

'어젯밤도 소란스러운 걸 봐서 무슨 일이 또 있었을 텐데, 아무도 내게 보고하지 않는군.'

하르마티 공작은 그녀를 고립시켰다.

"대단해, 바르카. 네가 하르마티 공작과 대등하게 맞설 줄이야. 나는 상상도 못 했어. 왕국을 빠져나갔다는 소리를 들었을 때도 그저 어딘가에서 객사할 거라 생각했거늘."

그녀만 그런 예상을 한 게 아니었다. 포르카나의 모든 귀족이 하르마티의 승리를 의심치 않았다. 현 국왕이 병으로 쓰러져 하르마티 공작의 섭정이 시작된 순간부터…… 다음 왕은 바르카 왕자가 아닌 하르마티일 거라 예상했다.

'어째서 상황이 이렇게 된 걸까?'

여인은 턱을 괴며 골몰히 생각했다.

'바르카를 보좌하는 필리온이 생각보다 뛰어난 인물이었나? 마땅한 공도 세우지 못하고 세월 따라 늙어가는 기사라 생각했는데, 내 오판이었나?'

부족한 정보로는 답이 나오지 않았다.

"하아."

붉은 입술이 달싹였다. 그녀가 창문을 바라봤다. 그녀의 처소는 내성에서도 가장 좋은 방 중 하나였다. 정원과 수평선이 한눈에 보이는 위치다.

'처음 이곳에 왔을 때, 몇 번이고 날이 저무는 걸 봤었어. 하지만 아무리 아름다워도 자꾸 보면 질리는 법이지.'

석양을 보지 않은 지 벌써 몇 주가 지났다. 처음의 감동도 사그라들었다.

'여인의 운명은 그보다 더 참혹하지. 제아무리 미인이라도

질리다 못해 세월이 흐르면 더 못해지는 법이니.'

남자들은 여자를 꽃에 비유하곤 했다. 그만큼 아름답다는 찬사이기도 했지만, 꽃처럼 세월 앞에 덧없다는 비유이기도 했다. 저무는 꽃은 아무도 봐주지 않는다. 꽃의 만개는 일생 중 잠깐일 뿐.

여인이 창문을 뒤로하고 자리에 앉았다. 그녀가 초에 불을 붙이고 책을 읽었다.

끼릭, 끼릭.

창밖에서 소리가 났다. 하르마티 내성에선 흔한 일이었다. 바닷바람이 창문과 벽에 부딪혀 기괴한 소리가 나곤 했다.

'창문이 제대로 잠기지 않았나?'

여인이 책갈피를 끼워 넣으며 일어섰다. 그녀가 창문을 살짝 열었다.

콰직!

더러운 손이 창문 밑에서 튀어나왔다. 손가락이 여인의 입 안에 들어가며 그녀의 비명을 막았다.

뿌드득.

커다란 몸뚱이가 창틀을 부수며 안으로 들어왔다. 지독하리만큼 악취를 풍기는 사내였다. 진흙탕에서 뒹굴다 왔는지 온몸이 새카맸다.

"오오, 실례 좀 하지."

굵직한 목소리가 여인의 귓가에 퍼졌다. 여인의 푸른 눈동자가 한없이 커졌다.

'침입자.'

사나운 분위기의 사내였다. 허리춤에는 도끼가 보였다.

"응? 얼굴이 낯익은데?"

침입자 유릭이 여인을 바라봤다. 그가 눈을 찌푸리며 여인을 관찰했다.

치렁치렁한 금발과 푸른 눈동자, 어디서 본 듯한 이목구비. 유릭은 대번 그녀의 정체를 알았다.

'파헬과 닮았어.'

유릭이 이를 드러냈다. 반가움에 웃음이 절로 나왔다.

"다미아 공주?"

유릭이 말하자 입이 막힌 여인은 고개만 끄덕였다.

"하핫, 단번에 알아봤지! 내가 댁을 상상하며 얼마나 많이 했는데."

여인이 어처구니없는 표정을 지었다.

'뭘 했다는 거야?'

금발과 벽안, 그리고 아름다운 외모는 포를카나 왕가의 특징이다. 파헬은 벽안과 미모를 지녔고, 하르마티 공작도 금발을 가진 미남이었다.

다미아 공주는 왕가의 모든 특성을 지닌 절세의 미녀였다.

당황해서 찌푸린 얼굴조차 매력적이었다.

'어째서 다미아 공주가 여기에 있는 거지?'

파헬 측에서는 다미아 공주가 왕성에 있을 거라 생각했다. 유릭이 고개를 갸웃했다.

"소리를 내면 목뼈를 문질러 버릴 거야. 알았어?"

유릭이 웃으면서 협박했다. 다미아가 고개를 끄덕였다.

'토할 것 같아.'

다미아는 이처럼 심한 악취를 맡아본 적이 없었다. 헛구역질이 올라왔다.

"쿨럭, 쿨럭."

유릭이 다미아 입에 넣었던 손가락을 뺐다. 다미아가 상체를 숙이곤 갈색으로 오염된 침을 뱉으며 헛구역질을 했다.

"씻을 물은 없나? 똥통에서 뒹굴었더니 장난 아니게 찝찝하거든."

유릭이 주변을 보다가 물이 담긴 세면대를 발견했다. 손과 얼굴이라도 일단 씻었다.

"너는 누구지?"

다미아가 어느새 호신용 단도를 뽑아서 유릭을 향해 겨눴다. 그녀는 섣불리 호위병을 부르지 않았다.

"내 이름은 유릭. 그 장난감은 치워. 동생이나 누이나 보자마자 칼을 뽑아대는군."

유릭이 다미아 앞으로 성큼 다가왔다. 그는 단도의 날까지 통째로 잡아서 당겼다.

캉!

다미아는 유릭의 악력을 이기지 못했다. 단도가 벽에 부딪혔다.

"아, 아."

다미아가 날아간 단도를 쳐다봤다.

"그런 장난감은 계집년들 소꿉질할 때나 쓰라고."

칼날을 잡았던 유릭의 손바닥에서는 피 한 방울 흐르지 않았다. 곰 발바닥 같은 굳은살이 조금 갈라진 정도로 끝났다.

"왕자군 소속이라면 내 앞에 무릎을 꿇어라. 나는 다미아 리누 포르카나다. 그대가 바르카를 섬긴다면 나 역시 동등하게 섬겨야 할 터!"

다미아가 빳빳하게 말했다. 그녀는 유릭의 뿜어내는 기세를 억지로 버텼다. 당장이라도 다리가 풀릴 것만 같았다.

"아니, 나는 용병이야. 내 고용주가 파헬… 바르카일 뿐이지. 난 고용주의 말만 들어. 그러니 네 말을 들을 이유는 없지."

다미아가 눈을 크게 떴다. 그녀도 그 소문을 들었었다. 파헬이 포르카나 왕국을 탈출하려고 고용했던 용병 무리.

'유릭의 형제들.'

그제야 상대가 누구인지 명확하게 보였다.

"용병대장 유릭."

"날 알아?"

그렇게 말한 유릭이 방문을 삐걱 열며 복도를 잠시 살폈다. 복도에는 오가는 사람이 없었다.

철컥.

정찰을 끝낸 유릭이 방문을 걸어 잠갔다. 그 소리에 다미아가 움찔했다. 눈동자가 공포로 물들었다. 상대는 돈으로 움직이는 용병이다. 충성이나 기사도 따윈 바라기 힘들었다.

'최악의 경우에는…… 생각하기도 싫군. 저런 짐승 같은 놈에게.'

다미아는 자신의 미색을 안다. 멀쩡한 사내라면 누구나 그녀를 안고자 했다 금발 벽안의 미모, 왕가의 혈통이라는 희소성. 남자라면 누구나 정복욕을 느낄 터다.

"앉아. 긴말하지 않을 거야. 나는 하르마티 공작의 목을 베러 왔다. 안내해. 볼모로 잡혀 있는 것 같은데, 파헬의 누이라면 믿어도 되겠지. 아, 파헬은 바르카를 말하는 거야. 그 녀석이 항상 네 이야기를 많이 하더라고."

유릭이 차분하게 말했다. 다미아의 눈이 커졌다. 유릭의 입에서 '흐흐, 좋은 몸이로군' 같은 천박한 대사가 나올 거라 예상했었다.

'바르카와 친밀한 사이인 것처럼 말하는군.'

다미아가 입술에 손가락을 가져다 대며 생각했다.

자신의 동생과 눈앞의 용병이 어떤 사이일까? 어째서 용병 대장이나 되는 인물이 혼자서 여기까지 온 걸까? 진심으로 하르마티 공작의 목을 베서 돌아갈 수 있을 거라 생각하는 걸까?

"대가리 그만 굴려, 쪼개 버리기 전에. 나는 여자라고 봐주지 않아."

유릭이 강철도끼를 들어 올리며 말했다.

"진심인가? 용병? 지금 내가 누군지 알고도 그런 말이 나온다는 건가? 대단히 무례하군."

"생각이 깊으면 구린 게 많다는 거지."

유릭이 눈을 날카롭게 떴다.

'아름다워. 내가 본 여자 중에서 최고로군. 상상했던 것보다 훨씬…….'

평소의 유릭이라면 다미아에게 껄떡거렸을 터다. 그도 미인을 좋아하는 사내다. 하지만 아랫도리를 주체 못 해 죽은 사내들을 수없이 봤다.

'지금은 여자에게 홀려 헛짓을 할 때가 아니지.'

어차피 유릭이 넘볼 만한 여자도 아니다. 상대는 창녀가 아니라 공주다. 유릭이 문명세계에 온 지도 일 년이 지났다. 잠자리를 가질 여자와 못 가질 여자 정도는 구분했다. 다미아는 후자였다.

'빛깔만 좋은 독사과일 뿐.'

유릭은 다미아를 쳐다봤다.

"혼자서 하르마티 공작을 암살하겠다고? 미쳤군. 아니, 그보다 어떻게 여길 온 거지?"

다미아가 과장된 손짓을 하며 말했다.

'생각할 시간을 벌고 있어.'

유릭은 다미아의 의도를 읽었다. 다미아는 지금 당황하고 있었다. 유릭의 등장에 어떻게 대응해야 할지 생각하고 있었다.

"어떻게 왔긴 뒤쪽 절벽을 타고 왔지. 더럽게 힘들었어."

"말도 안 되는 소리!"

다미아가 헛웃음을 내뱉었다. 내성 뒤쪽은 사람이 올라올 수 있는 절벽이 아니다.

"진짜라니까."

유릭이 덤덤하게 말했다. 다미아는 등골이 오싹했다.

'정말로 거길 넘어서 왔다고?'

다미아도 정원에 자주 나갔었다. 그쪽 절벽은 가파르다 못해 천장처럼 기어서 올라와야 한다. 내성 뒤편에 성벽이 없는 이유였다. 애초에 사람이 올라오는 게 불가능하기 때문이다.

"말 돌리지 말자고, 아가씨. 하르마티 공작이 어디 있지? 대충이라도 알 거 아니야. 빨리 놈의 목을 베서 돌아갈 거라고."

다미아가 잠시 침묵했다. 그녀의 눈동자가 쉬지 않고 움직였다. 생각이 한없이 빨라졌다.

'이 용병은 진심으로 하르마티를 죽일 생각이야. 그게 가능하다고 믿고 있어.'

대범한 건지 멍청한 건지 구분이 가지 않았다. 이런 상황이 아니었다면 그저 큰소리만 칠 줄 아는 사기꾼이라 생각했을 터다. 유릭의 입에서는 하나같이 허황된 말만 나왔다.

"목을 베고 나면? 그 뒤에는 어떻게 빠져나갈 생각이지? 절벽으로 뛰어내릴 셈인가?"

"목을 베면 알아서 항복하겠지. 아마도?"

유릭이 뺨을 긁적이며 말했다.

"무모하군. 하르마티 공작 주변에는 항상 친위대들이 있어. 설사 하르마티 암살에 성공하더라도 순식간에 병사들이 모여들걸! 목숨과 맞바꿔서 하르마티를 죽일 거라면 말리진 않겠어. 내 동생을 위한 신의와 충정은 기억해 두지."

다미아가 떨리는 목소리를 숨기며 말했다. 이미 다리는 떨고 있었다. 치마가 길어서 들키지 않았을 뿐이다.

유릭이 귀를 후비며 다미아를 쳐다봤다. 맹수와 같은 눈빛이었다. 다미아가 지금까지 보던 사내들과 달랐다.

"그 말도 맞긴 해. 딱히 도망갈 길을 생각해 두고 온 건 아니니까. 그래도 일단 하르마티부터 죽이고 나면 어떻게든 되겠지."

다미아가 말을 더듬었다.

"무, 뭐?"

유릭은 한없이 오만했다. 그 자신감의 원천은 힘이었다. 유릭은 항상 자신의 육체를 믿었고, 그의 육체는 유릭의 기대를 배신한 적이 없었다. 유릭은 하고 싶은 일이 있으면 했다.

"내 설명을 못 들었나 본데…… 일개 용병이 어쩔 일이 아니야. 여기까지 숨어 들어온 건 칭찬해 줄 만해. 지금 내가 당장 비명만 질러도 넌 여기서 죽은 목숨이라고."

다미아는 주도권을 찾기 위해 협박조로 말했다. 유릭이 코웃음을 쳤다.

"비명을 지르려고? 목구멍이 꿀럭거리기만 해도 내 손이 그 여린 목을 꺾어버릴걸? 정말 쉬운 일이야. 내가 널 못 죽일 것 같아? 이 자리에 있는 게 기사라면 그렇겠지. 하지만 난 야만인이야. 무자비하며 냉혹하고 도덕도 양심도 없지. 그 잘난 동생에겐 사고였다고 말하면 돼. 녀석이라면 내 말을 믿을 테니까."

유릭의 어깨가 숨소리를 따라 들썩였다. 들소처럼 눈을 치켜뜨고 언제든 튀어 나갈 듯이 발가락은 꿈틀거렸다.

유릭은 다미아의 상식이 통하지 않는 존재였다. 다미아는 유릭이 두려웠다.

"……날 데리고 탈출해라. 그것도 크나큰 공이 될 터다. 암살은 허무맹랑한 자살행위일 뿐이야. 용병대장 유릭, 내가 살길을 마련해 주지. 더불어 나도 살길을 찾은 것 같으니 말이야."

다미아가 아랫입술을 옅게 깨물었다. 유릭은 턱을 괴며 생각하다 입을 열었다.

"파헬의 누이니까 믿어보지. 하지만 내 앞에서 거짓을 지껄인 사람치고 몸 멀쩡하게 사는 사람이 없다는 걸 알아둬."

유릭이 경고했다. 그는 다미아와 이야기하면서 한 가지 사실을 알았다.

'요물이군.'

나이 많은 부족전사들은 항상 경험에서 우러나온 조언을 했었다. 생각이 많은 여자를 조심하라고.

남자는 여자를 이해하지 못했고, 그렇기에 남자에게 여자는 미지의 존재였다. 미지는 언제나 호기심과 두려움의 대상이다.

하르마티성에 머무는 귀족들에게는 한 가지 꿈이 있었다. 포를카나 제일의 미녀를 하룻밤이라도 취하는 것이었다.

다미아 공주가 하르마티성에 머문다는 건 공공연한 비밀이었다. 귀족들은 그녀를 아가씨라고 불렀지만 다들 그녀의 정체를 알았다.

「어쩌면 우리의 마지막일지도 모르는 시대의 비극 속에서…… 떠오르는 건 당신의 자상함이네요. 오늘 밤 정원 밑으로 배를 가져오신다면 기꺼이 맨발로 달려가 환희의 밧줄을 내리겠습니다. 그날의 만남을 추억하는 열락의 꽃은 봉오리를 오므리며 기다리고 있사옵니다.」

아직 부인이 없는 자이론 백작은 그 쪽지를 받고 뛸 듯이 기뻤다. 글을 모르는 시녀에게서 받은 쪽지였다.

"날 알아봤어!"

자이론 백작은 하르마티성에서 다미아 공주를 본 적이 있었다. 눈으로 인사를 했지만 다미아는 못 본 척 고개를 돌렸었다.

'날 무시한 게 아니라 쑥스러워 그랬던 거로군! 앙칼진 계집 같으니.'

자이론 백작은 2년 전쯤에 다미아 공주를 본 적이 있었다.

만찬 연회장에서 다미아 공주와 꽤나 긴 담소를 나눴었다. 분위기가 좋았고 잘만 하면 으슥한 정원으로 갈 수도 있었을 거라 생각했었다.

'그때 바르카 왕자가 나타나지만 않았다면……. 멍청한 왕자 같으니! 이번 전쟁도 그렇고 사사건건 내 앞길을 막는군!'

당시 바르카 왕자가 천진난만하게 웃으며 다미아 공주와 자이론 백작 사이에 끼어들었었다. 분위기가 깨졌었고, 그 뒤로 다미아 공주와 대면할 기회가 없었다.

"그날은 눈이 찌릿하게 통했었다고. 역시 나를 만날 기회만 노리고 있었군."

전세는 불리하게 기울고 있었다. 하지만 하르마티의 봉신인 자이론 백작에겐 다른 방책이 없었다. 아직까지 하르마티는 강력한 통솔력으로 휘하의 영주들을 단단히 붙잡고 있었다.

'정말 운이 나쁘다면 내 목이 달아날지도 모르지.'

하지만 왕자가 승리하더라도 자이론 백작 같은 잔챙이 영주들을 죽이진 않을 터다.

반란이 일어났다고 영주의 목을 전부 베었다간 행정에 공백이 생기며, 친족 관계로 뒤얽힌 영주들의 반발도 크다. 하르마티 공작이나 세베르 공작 같은 주모자들을 처형하고, 나머진 몸값만 지불하면 풀려난다. 그게 귀족끼리의 내전이다. 죽는 건 언제나 평민들이다.

'공주가 내게 단단히 반했다면 훗날 부마 자리도 노릴 수 있겠지.'

왕실에선 공주는 보통 정략결혼용으로 쓰지만 가끔 예외도 있는 법이다.

"어둠 속에 한 줄기 빛이로군."

벌써부터 아랫도리가 빳빳했다. 아리따운 공주의 모습이 눈앞에 선하다. 자이론 백작은 벌써부터 결혼과 노후까지 상상하며 히쭉히쭉 웃었다.

"글씨도 참으로 요망하구나. 침대에서도 이만큼 요망할지 두고 보자고. 후후."

자이론 백작이 쪽지를 잘 가다듬어서 주머니에 넣었다. 그는 하인들을 불러 작은 배를 준비하라 명했고 아끼던 술도 꺼내왔다. 저녁 식사로는 요즘 들어서 구하기 힘들어진 고기를 먹었다.

자이론 백작은 날이 저물기만을 애타게 기다렸다.

'전쟁 중인데 저런 꼴이라니. 내 주인이지만… 나 원.'

시종이 속으로만 혀를 찼다. 상황은 급박하게 돌아가고 있었다. 언제 전면전이 벌어져도 이상하지 않다. 성벽 위로 올라가 보면 적들이 사다리 탑과 공성추 같은 공성 병기를 만들고 있었다.

'이런 와중에 계집질 때문에 발이나 동동 구르는 사람이 있지.'

시종은 자이론 백작을 쳐다봤다.

"날이 저물었구나! 가자꾸나!"

자이론 백작이 어둑해지는 하늘을 보며 외쳤다. 마음 같아서는 진작 출발했겠지만 상대는 하르마티 공작이 볼모로 붙잡아 둔 다미아 공주다. 볼모와 정을 통했다는 사실을 하르마티 공작이 알면 안 된다.

끼릭, 끼릭.

자이론 백작이 외성 뒤쪽에서 배를 띄웠다. 바다가 출렁인다.

"어딜 가십니까? 나리."

성벽을 지키던 보초가 말했다.

"밤바람 좀 쐬러 간다."

자이론 백작이 시큰둥하게 말했다. 보초가 고개를 끄덕였다. 귀족들의 행동 따윈 알 바 아니었다.

"조심하십쇼. 오늘은 바다가 거칩니다. 구름도 좋지 않고요."

보초가 하늘을 보며 말했다.

"그건 네가 걱정할 일이 아니지."

자이론 백작이 보초에게 짜증을 냈다. 보초가 고개를 살짝 숙이며 얼굴을 찌푸렸다.

'하여튼 걱정하는 말을 해줘도 귀족들이란…… 콱 바다에 빠져 죽어버려라.'

자이론 백작은 배에 올라탔다. 기껏해야 4, 5명 정도 탈 만한 작은 배였다.

"출발합니다."

시종이 노를 저으며 말했다. 힘차게 노를 저어 절벽을 따라 이동했다.

끼릭, 끼릭.

자이론 백작은 손가락으로 무릎을 치며 하늘을 바라봤다. 보초의 말대로 구름이 좋지 않았다.

'멀리 나갈 것도 아닌데 신경 쓸 것도 없지.'

어차피 오늘 밤은 다미아 공주의 침실에서 보낼 터였다. 따스한 살결이 벌써부터 손아귀에 잡히는 듯했다.

"이게 얼마짜리 술인 줄 알아? 원래 승전하면 하르마티 공작에게 진상할 술이었어. 이미 그른 것 같지만."

자이론 백작이 자랑하듯 포도주를 꺼내며 말했다.

"예, 예."

시종이 건성으로 대답했다. 그의 이마에는 땀이 줄줄 흘러내렸다.

'노를 젓느라 힘들어 죽겠는데, 지금 그걸 자랑하고 싶냐?'

좌악, 좌악.

배가 내성 밑까지 나아갔다. 파도가 출렁이면서 배도 함께 흔들렸다.

"좀 조심해서 저어라. 배가 흔들리잖아."

자이론 백작이 젖은 옷자락을 보며 말했다.

"파도가 치는 걸 어쩝니까."

시종이 입을 내밀며 말했다. 자이론 백작이 이맛살을 찌푸렸다.

"어디서 말대꾸야. 내가 만약 부마라도 된다면 너도 출세하는 거라고."

자이론 백작이 위를 올려다봤다. 내성 절벽이 보였다. 깎아지른 절벽이 매서웠다. 위에서 밧줄이라도 내려주지 않으면 오를 엄두가 나지 않았다.

"내가 올라가면 여기서 배를 대고 기다려라."

"네? 폭풍이 올 것 같은뎁쇼."

"저기 틈에 배를 대면 비바람 정도는 피하겠지."

시종은 말문이 막혔다. 여기서 밤을 새우란 소리였다.

'내일이면 몸살로 앓아눕겠군.'

시종이 한숨을 내쉬며 고개를 끄덕였다. 싫으나 좋으나 자신의 주인이었다.

"밧줄이 언제쯤 내려오려나."

자이론 백작이 어미 새를 기다리는 아기 새처럼 고개를 위로 치켜들었다. 밧줄이 내려오기만을 기다렸다.

"왔다."

자이론 백작이 함박웃음을 지었다.

기다란 밧줄이 철렁이며 내려왔다. 길이가 모자라 천자락을 묶은 부분도 있었다.

꾸욱.

자이론 백작이 밧줄을 당기며 튼튼한지 확인했다. 중간에 떨어지면 최소 반병신이었다.

"내가 가겠소, 공주."

자이론 백작이 기세 좋게 밧줄을 잡았다. 탑에 갇힌 공주를 구하는 기사의 심정으로 밧줄을 올랐다. 자이론 백작은 평소에 검술 훈련을 열심히 했기에 근육이 제법 있었다. 밧줄을 타고 쭉쭉 올라갔다. 지치면 튀어나온 바위에 앉아서 휴식을 취해가며 절벽을 올랐다.

"흐흐."

힘든 것도 잊은 채 위를 쳐다봤다. 햇살처럼 따스한 금발, 청초한 벽안, 미모로 소문난 왕가의 혈통, 그중에서도 피가 가장 짙게 흐른다는 다미아 공주. 그런 그녀를 오늘 밤 정복한다. 평생의 자랑거리로 삼을 일이었다.

"후읍."

자이론 백작이 손아귀에 힘을 주며 성큼성큼 밧줄을 타올랐다. 팔이 후들후들 떨려왔다. 고지가 코앞이었다.

휘잉!

거친 바람이 불어서 밧줄이 크게 출렁였다. 자이론 백작이 밧줄을 붙잡은 채로 몸을 웅크렸다. 온갖 고생을 다 해가며 절벽 밑자락에 도착했다.

"하아, 하아. 공주가 내가 왔…… 소?"

자이론 백작이 눈을 크게 떴다. 눈앞이 어두웠다. 그를 기다리는 건 가련하고 청초한 꽃이 아니었다.

"안녕."

근육질의 사내가 반짝이는 도끼를 들고 자이론 백작을 맞이했다. 사내가 자이론 백작을 보곤 활짝 웃었다.

"그리고 잘 가."

쩌억.

자이론 백작의 정수리에 도끼가 박혔다. 근육질 사내, 유릭은 자이론 백작의 목덜미를 잡고 끌어 올렸다. 쪼개진 정수리에서 피가 철철 흘러내렸다. 분홍빛 뇌수가 선명했다.

"웁."

뒤에 있던 다미아 공주가 입을 가리며 인상을 찌푸렸다.

"이쯤이면 한참은 찾지 못하겠지."

유릭이 자이론 백작의 시체를 질질 끌어서 바위틈에 숨겼다. 갑각류 벌레들이 시체 주변에 모여들었다.

"뭐야? 술이잖아."

유릭은 자이론 백작 품에서 술병을 발견했다. 그는 술병 주둥이를 도끼로 깨부수곤 입안에 술을 털어 넣었다. 술맛이 좋았다.

"크으, 좋은 술이로군."

유릭이 입가를 닦곤 남은 술을 자이론 백작의 머리에 부었다.

스륵.

술을 마신 유릭이 입맛을 다시며 다미아를 바라봤다.

"출발하자고. 저 밑에 배가 기다리고 있군. 내 목을 꽉 잡아. 단번에 내려갈 테니까."

유릭이 자신의 목을 가리켰다. 그는 하르마티 암살보다 다미아 구출을 선택했다.

'파헬은 자신의 누이를 좋아해. 피붙이니까 당연한 거겠지.'

파헬이 기뻐할 모습이 눈에 선했다. 파헬은 다미아의 이야기를 자주했다. 자신의 누이가 얼마나 똑똑하고 현명한지 열변했었다.

"후우, 후우."

다미아가 절벽 밑을 슬쩍 보며 심호흡했다. 보기만 해도 아찔한 높이였다.

'조금 불쌍하기도 하네.'

다미아가 자이론 백작의 시신 쪽을 바라봤다. 힘겹게 이 절벽을 올랐는데 영문도 모르고 죽었을 것이다.

"뭐 해?"

유릭이 재촉했다. 다미아 공주가 주춤하며 유릭의 목을 껴안으며 등에 매달렸다. 등이 무척이나 넓어서 안정감이 있었다.

'하지만 냄새가 고약해.'

똥통에 빠지고 온 듯한 냄새였다. 냄새만큼은 도저히 익숙해지지 않았다.

"퉷, 퉷."

유릭이 손바닥에 침을 뱉으며 밑을 쳐다봤다.

'저기 배가 있고 사람도 한 명 있군.'

배에 있는 시종이 놀라서 도망가기 전에 내려가야 했다. 더군다나 날씨도 심상치 않았다.

"꽉 잡아. 떨어지면 죽어."

유릭이 다미아를 보며 말했다. 다미아가 고개를 끄덕였다.

'제길, 예쁘긴 더럽게 예쁘네. 냄새도 좋아.'

유릭이 곁눈질하며 생각했다. 보통의 미색이 아니었다. 왕족이 아니었다면 살아생전에 험한 꼴을 당했을 미모다.

다미아가 뽀얀 얼굴을 곱게 찡그렸다. 가느다란 팔에 힘이 들어갔다.

"간다."

유릭이 절벽에서 뛰어내리며 밧줄을 붙잡았다. 그가 손아귀의 힘을 느슨하게 풀었다.

"오오오!"

유릭이 고함을 쳤다. 그의 몸이 떨어지듯 미끄러졌다. 손바닥이 타들어 가듯 마찰이 심했다.

'죽을 것 같아.'

다미아는 심장이 주저앉는 느낌이었다. 몸이 한없이 아래로 떨어졌다. 이대로 쿵 하고 바위에 부딪혀 죽을 것만 같았다.

'참기 힘들어.'

다미아는 이성이 하얗게 날아가는 느낌이었다. 심장이 쿵쿵 뛰었다.

뿌득.

유릭이 밧줄을 불끈 쥐었다. 어깨와 팔근육이 부풀었다.

타닥.

유릭이 정확하게 바위에 발을 내디뎠다. 그는 화끈화끈하게 달아오른 손바닥을 휘휘 저었다.

"하아, 하아."

다미아가 바위에 내려오자마자 주저앉으며 숨을 헐떡였다. 안색이 창백했다.

"히이이익!"

배에서 기다리던 시종이 기겁하며 노를 잡았다. 처음 보는 거구의 사내가 도끼를 들고 성큼성큼 다가오고 있었다.

"거기 꼼짝 마! 움직이면 오늘 네 배 속에 뭐가 들었는지 구경하게 될 테니까."

유릭이 도끼를 들어 올리며 험악하게 말했다. 시종이 침을 꿀꺽 삼키며 노를 놓았다. 지금 노를 젓는다고 따돌릴 것 같진 않았다.

"제, 제 주인님은 어디 계십니까?"

시종이 물었다.

"왜? 만나고 싶어?"

유릭이 고개를 삐딱하게 기울이며 웃었다. 살벌한 웃음에 시종이 고개를 저었다.

"아, 아닙니다."

"그래, 그래. 가끔은 호기심을 참을 줄 알아야지. 이 양반아."

유릭이 시종의 어깨를 툭툭 치며 말했다. 그는 쓰러진 다미아를 부축하러 갔다.

"저리 가!"

다미아가 유릭의 손을 신경질적으로 내쳤다.

"다리에 힘이 풀려서 혼자 일어나지도 못하잖아."

유릭이 비웃으며 말했다. 다미아가 한사코 혼자 일어나려고 했다. 유릭의 손을 거부했다.

"잠깐만 쉬면 혼자 일어날 수 있어."

다미아가 중얼거렸다.

"시간이 없다니까."

"하, 하지 말라고!"

유릭이 강제로 다미아를 안아 들었다. 유릭은 코를 킁킁거렸다.

"어디선가 신선한 지린내가 나는데?"

유릭이 갑자기 다미아의 치마 사이에 손을 넣어서 더듬었다. 그의 손끝이 축축했다.

다미아의 얼굴이 새빨갰다. 그녀가 유릭의 뺨을 때렸다.

짝!

유릭은 씨익 웃었고 오히려 다미아의 손바닥이 더욱 아렸다.

"오줌 지렸으면 지렸다고 말을 하지 그랬어? 그럴 수도 있지, 뭐."

유릭이 다미아를 배 안에 태웠다.

'야만인 같으니.'

다미아가 유릭의 등을 보며 인상을 찌푸렸다. 아직도 다리에 힘이 들어가지 않았고 소변으로 젖은 아랫도리가 찜찜했다.

유릭은 도끼를 들고 시종 앞에 앉았다.

“출발해. 육지로 가자고.”

시종이 우물쭈물하다가 노를 잡았다. 그가 파도를 바라보며 노를 저었다.

“나리, 파도가 좋지 않습니다.”

시종이 높아지는 파도를 보며 말했다.

“그러니까 파도가 더 높아지기 전에 가자니까.”

유릭도 먹구름을 바라봤다.

쿠르릉.

천둥소리가 들린다. 폭풍우가 오고 있었다. 시종이 겁을 지레 먹었다.

“이런 작은 배로는 버티지 못할 겁니다!”

비가 쏟아지자 시종이 외쳤다.

퍽!

유릭은 시종의 뺨을 때렸다. 부러진 이가 입 밖으로 튀어나왔다. 입안에서는 피가 철철 흘러내렸다.

“가라면 가. 아니면 내가 노를 저을까?”

유릭이 살벌하게 말했다.

‘주, 죽어.’

말을 듣지 않으면 죽는다. 폭풍우보다 유릭이 더 무서웠다.

유릭은 폭력으로 사람을 다룰 줄 알았다. 그는 험한 사내가 모인 용병단의 수장이었다. 가끔씩 용병들의 불만을 억압하고

의지를 관철시켜야 할 때가 있었다.

"으아아아!"

시종이 악을 쓰며 노를 저었다. 바람은 세찼고, 그만큼 파도가 높았다.

출렁.

파도 높이만큼 배가 떠올랐다.

"하하, 우리가 날을 잘못 잡았군! 안 그래? 다미아 공주!"

유릭이 벌떡 일어서며 말했다. 그는 두 다리로 몸을 지탱하며 흔들리는 배 위에 섰다.

'미쳤군. 정말로 그 바르카가 이런 자와 친분을 쌓은 건가?'

다미아가 배의 난간을 꽉 붙잡으며 유릭을 바라봤다. 이런 파도에 빠지면 죽는다. 유릭은 아무것도 잡지 않고 서서 폭풍우와 마주했다.

"루여."

시종이 중얼거렸다. 노를 저어도 배가 좀처럼 전진하지 못했다. 힘은 빠질 만큼 빠졌다.

"비켜. 내가 하지. 요령만 가르쳐 달라고."

보다 못한 유릭이 말했다. 시종이 엉거주춤하게 일어섰다.

"바다를 밀어내듯……."

"큰 소리로 말해! 들리지 않으니까!"

유릭이 외쳤다. 시종도 목청이 터져라 뭐라 설명했다. 유릭이 웃으면서 노를 저었다.

"움직여! 움직인다! 움직입니다! 나리!"

시종이 눈을 크게 뜨고 외쳤다. 유릭이 노를 저으니 드디어 배가 앞으로 나아갔다.

"좋아! 스승이 좋으니 금방 요령이 붙는군! 자, 가자고!"

유릭이 시종을 향해 손바닥을 뻗었다. 시종도 손뼉을 들어서 맞장구쳤다.

폭풍우 속에서 한 척의 배가 나아갔다.

to be continued